曾经擦肩而过的季节

徐涛 著

山西出版传媒集团
北岳文艺出版社
BEIYUE LITERATURE & ART PUBLISHING HOUSE
·太原·

图书在版编目（CIP）数据

曾经擦肩而过的季节 / 徐涛著. —太原：北岳文艺出版社，2018.8（2025.4重印）

ISBN 978-7-5378-5593-8

Ⅰ. ①曾… Ⅱ. ①徐… Ⅲ. ①长篇小说—中国—当代 Ⅳ. ①I247.5

中国版本图书馆CIP数据核字（2018）第038384号

书名：曾经擦肩而过的季节
著者：徐　涛

特约编辑：李　路　龚淑梅
责任编辑：李向丽
助理编辑：赵　雪

封面设计：侯霁轩
排版设计：百川视觉

出版发行：山西出版传媒集团·北岳文艺出版社
地址：山西省太原市并州南路57号　邮编：030012
电话：0351-5628696（发行部）
0351-5628688（总编室）　传真：0351-5628680
网址：http://www.bywy.com　E-mail：bywycbs@163.com
经销商：新华书店
印刷装订：三河市同力彩印有限公司

开本：880mm×1230mm　1/32
字数：152千字　印张：7.75
版次：2018年8月第1版
印次：2025年4月第3次印刷
书号：ISBN 978-7-5378-5593-8
定价：39.80元

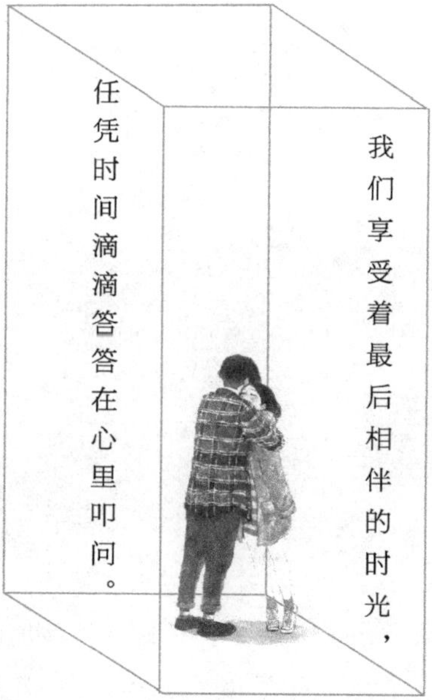
我们享受着最后相伴的时光，
任凭时间滴滴答答在心里叩问。

一

经过漫长的三个月暑假，终于熬到了九月开学的日期。

一路上爸爸陪着我，我们没有多说话，我倚在柔软的座位上，看着窗外飞驰而过的风景，憧憬着无法预知的未来。我不知会遇见怎样的同学，怎样的室友，怎样的老师，运气好的话，说不定还能收获一个女朋友。呵呵。想到这里，我笑了。阳光很好，从窗外照进来，洒在身上，有一种惬意的暖。

鬼知道我是怎么在高考中超水平发挥，一路冲杀过去，怎么在志愿卡上填上这所学校，然后手一颤选报了经济学专业。一切恍若梦境。

终于到站了。我和爸爸收拾好行李，叫了一辆出租车，直奔学校而去。

司机是位大叔，他扭头看了看我们说："你们是去华大报到的吧，这学校不错，在我们当地也算是数一数二叫得出名头的学校。我外甥也读的是这学校，去年刚毕业，现在在深圳上班，月薪过万……”

大叔滔滔不绝地大侃特侃。我无心对话，两眼紧盯着计费器，看着它疯狂地跑，我心里一阵抽紧地疼。一些无良司机使些伎俩坑乘客的事屡见不鲜。

大叔见我神色不对，一脸茫然，就问我：“怎么了？”

我说：“心绞痛。”

到学校一看，人山人海，煞是热闹。各个学院迎新的学长们在写有学院名称的宣传板后一字排开，负责着新生报到导引工作，忙得有条不紊。

我们一路走将过去，数学与信息学院、管理学院、外语学院、城建学院、农学院、经济学院……找到了！

见我们走过来，经济学院一名学姐热情地迎上前。她操着一口标准流利的普通话，我也只好咬牙丢下用了十几年的方言，用别扭的普通话与之对话，颇有入乡随俗的无奈。

她问了我的姓名，告诉我被分在五班，班主任张震，大一新生的班主任都是代理班主任，是从学生会里选拔的大三学生。

正巧张老师在旁负责，见面一寒暄居然是老乡，正是无巧不成书。

正事要紧，简单寒暄过后，便得去报到交费了。一名学长带我们去交费点交费，之后领床单、被罩、枕巾、被套、枕头、水瓶等日用品。还有军训穿的服装，其实就是校服。最后就是去宿管科登记寝室，寝室在五楼。忙完这一切，早已大汗淋漓。

到寝室把东西安顿好，已经正午，爸爸招呼那学长留下一起吃饭。

他摆摆手说："不用了，我叫张衡。以后有事找我。我住×××室。"然后就噔噔噔地跑下楼去。

虽然以后我没有找过他，甚至都不曾遇见他，但我清楚地记得他的名字，只是始终不知道那两个字是"张衡"还是"张恒"。

很巧，不是吗，我们班主任叫张震，他叫张衡，就是那个古时研制地震仪监测地震的家伙。

二

爸爸把我安顿好就回了，偌大一个寝室空空如也，其他人都没来。

我和衣而卧，这寝室是今年新建的公寓楼，一切看起来都还很新，甚至隐约有股淡淡的油漆味。

我盯着天花板，上面有很新的石灰粉的刮痕。窗外吹来阵阵暖意浓浓的微风，不知不觉中我睡着了。

醒来后揉揉眼睛对着表一看，好家伙，都六点半了，食堂估计快闭门谢客了。我一骨碌爬起来，提着水瓶向食堂奔去，门在身后“砰”的一声关上。

等我气喘吁吁跑进食堂，只见身着白大褂的叔叔阿姨正围着餐桌谈笑风生，饭菜窗口都无人了。哎，还是姗姗来迟，黄花儿菜都凉了啊！也罢，打水泡面去！

所幸开水房就在食堂旁边，不用迂回好多路程，拿金龙卡刷卡取水。打水时问监督的大爷，这旁边食堂是几食堂。他愣了愣说那是教职工食堂。我吐了吐舌头，难怪这时都吃不上饭了，敢情是特权食堂“开小灶”的啊。

在楼下小卖部买了包康师傅方便面，付钱时问价，老板就比画五个手指。

我说：“老板啊，你少林寺出生的吧？想用如来神掌拍我啊？”

老板说：“你这哪儿跟哪儿呀？我是说，这面，五元！”

我一听，腿立马打了个哆嗦，说：“这面还一天一个价，涨得比股票跌得还快。你干脆打劫得了。”

老板无奈地说：“小兄弟啊，你不知道啊。这金融危机，生意都不好做啊。”

我无语，付了钱拿起面就走，心里恨恨道：你够狠，第一次来买东西就大开杀戒，回头我学会如来神掌，看我怎么拍死你……

骂着骂着，突然想哪天把阿Q老先生请来成立个“危机干预委员会”什么的，也治治这些奸商，想到这我开心地笑了。

正笑着，已到寝室门口，门开着，敢情有室友来了。我一步跨进寝室，见一个家伙着撅着屁股在床铺上铺床。他闻声扭过头来看着我，照例是一番学院派的开场白。

“你好啊！我是经济学院五班的周正伦，很高兴认识你！”

他操一口方言口音极重的普通话，明显排除了来自东北三省的可能性。

“你好！我叫张小虎，我也是五班的，对了，刚才你说你叫什么来着？”

“周正伦。”

“啊？周杰伦是你哥吧？”我笑。

“周杰伦？”他挠挠头，想了想，“不认识。”

我差点没被雷倒，这孩子，太有才了！

“你确定你不是从火星上来的吧？”

“呃，我是从元州来的，你呢？”他一本正经。

我一口气差点儿没接上来，天哪，我不是在跟一个外星人讲话吧？

我发誓今天不是愚人节，我快要笑岔了气，他却丈二和尚摸不着头脑，一脸狐疑地看着我，旋即又憨憨地笑一笑。

“哦……呵呵……那咱们还是近邻呢，我是合州的……”

我仔细打量着他。他个头不高，一米六几的样子，戴副眼镜，有点儿婴儿肥，看上去有点儿憨憨的，酷似电视连续剧《士兵突击》中的许三多！不由得让我对这个可爱的小老乡平添了一份好感。

第一天晚上寝室就我跟周正伦两人，我们意兴勃勃地谈了大半夜才沉沉地睡去。

另外两个家伙都是次日到的，一个叫范旭，一个叫严翔，都是五班的，我这才知道原来寝室都是按照班级分配的。

我们四人很谈得来，大有相见恨晚之感。所以没两天就混熟了，可以毫无顾忌地开彼此的玩笑，也纷纷有了昵称或外号。

周正伦外号老周，因为我们常常被其雷倒于无形，觉得其人很有自成一家的潜力，遂效老庄，称之为“老周”，以示鞭策。

范旭外号阿发，周润发的忠实拥趸，膜拜发哥几至走火入魔之境。他看到发哥烧钱点烟的动作酷毙，便日日拿废纸操练。一日，自以为水火不侵，当日错将随手放在桌上的钞票烧掉，懊悔不已。所幸损失不大，含泪啃了一个星期小浣熊干脆面，始认识到偶像崇拜害人不浅，发誓金盆洗手。

严翔外号蟾蜍，这个绰号形神兼备。一是其人脸上有火星地表般的壮观，二是取“癞蛤蟆想吃天鹅肉”之意，看到美女就流口水，这一特色为其日后的悲惨下场埋下了伏笔。此是后话，暂且不表。

大学生活就这样轰隆隆扑面而来。

三

军训前校方很人性化地安排了两天休息时间，方便大家采购所需物品。

老周风风火火跑去买了个闹钟，说是要养成合理的作息习惯，然后在我们瞠目结舌的注视下将闹铃指针拨到六点。

“你小子早自习还没上够呢？”

阿发不满。

“呵呵，不好意思，习惯了，生物钟没调整过来，多有打搅，乞请见谅。”

说话间，蟾蜍拎着一风扇吭哧吭哧蹿进来，顺手插上插座，扭开开关。

“操，这么热，真不是人待的地方！还军训，要死人的！”

蟾蜍边说边掀起T恤扇风，小腹上的团团赘肉清晰可见，形成密密匝匝的圈，蔚为壮观。我不由想起动画片里大块大块的比萨形的香肠，貌似就是这个样子，想到这里我忍不住地笑出声来。

我这人一大毛病就是无法掩饰自己的感情，每每为此伤神，却又无可奈何。

记得小学时每天中午要睡午觉，孩子们都到教室趴在桌子上小憩，前排的胖子趁老师不注意对我做鬼脸。我忍不住就笑了出来。班主任向以严厉著称，所以我被老师请出教室，在走廊上罚站。

我当然不干了，就把胖子的所做所为跟老师举报了，于是胖子也被老师拎出来。然后老师就在走廊上给我们上思想教育课，看着胖子一副低头认罪的丧气相。我感到无比欣慰，于是我又控制不住，笑了出来。

然后，脸都绿了的老师就直接把我领到办公室了，一阵狂风骤雨扫过，后叫我写一份检讨书。后来，检讨书贴在教室墙上展览了一个星期。同学们竞相观览，一睹为快……

蟾蜍见我盯着他的身子看，又无故发笑，搞得甚是困惑，遂慌忙往自己肚皮上瞄。

“咋了？小虎？笑啥啊？”

“哦……没……没什么……”我一时语塞，片刻过后，灵光一现，“我早上看到一个肥婆掉水沟里了，哈哈哈，是不是很好笑啊！”

最近，我研习周星驰的无厘头搞笑颇有所得，熟悉电影《大内密探零零发》的朋友应该晓得这是其中的一个桥段，在此权当发扬一下鲁迅先生的“拿来主义”。

说罢，我效仿周星驰惊涛骇浪般的狂笑渲染气氛。不料，我发现各位面面相觑，不明所以。

“哈哈哈……不好笑吗？……哈哈哈……肥婆啊……水沟啊……哈哈哈……”

“不好笑。”几个家伙面容冷峻。

然后，我听到清晰的摩拳擦掌声，再然后我被三个暴徒按住狂扁了一顿。

我要他们先给个扁我的理由。他们说，我侮辱了他们的智商。

我说：“凭你们的智商，我很难跟你们解释清楚。”

然后，又被三个暴徒不由分说地扁了一顿。

晚上，躺在床上揉着头上的大包想为什么《大内密探零零发》中周星驰面对娇妻盘问时如是作答，刘嘉玲会陪着狂笑不止，换了我说效果咋就不一样呢？然后，愈想愈郁闷遂将之归于向心力的论域。

我咬牙切齿，发誓有朝一日开个酱肉厂，把蟾蜍那厮切成一块块做成酱香肠。想到这里不由得释然，遂又哈哈起来，有种阿Q受辱后欺负小尼姑的快感。

四

休整了几日，严酷的军训如期而至。

我们以院系为单位被分为若干小组，各院又细分出若干个连队，每个连队任命一位连长。蟾蜍一米九几的个头站在队伍中煞是醒目，再加上有意无意露出的用蟾蜍自己话说“孔武有力的肌肉”，很难不被拔擢。于是，蟾蜍就顺风顺水当上了我们十四连的头头。

当上头头的蟾蜍很有点少年得志的满足感，在一干人糖衣炮弹的攻击下，更是找不着北了。自以为自此青云直上，可翻云覆雨，为所欲为。

为了与对面女生连队搞好团结，教官常常适时炮制一些诸如“一二三四五，我们等得好辛苦”“一二三四五六七，我们等得好着急”之类的口号让众人朝对面喊，要求女生那边“来一个”，号称“拉歌”。

这天，蟾蜍也不知是中暑了，还是哪根筋搭错了线，在教官教唱《军中绿花》，众人还沉醉在酸楚之中时，兴奋过度。只见他跳将起身朝对面来了句“对面美女来一个”。

这颇不合时宜的叫嚣硬生生将大家从教官苦心酝酿的氛围中扯了出来，当时只有一个感觉，就是想扁他。

教官也不是吃素的，然后可怜的蟾蜍就绕着训练场地跑了二十圈。

还有一次，教官叫几个人高马大的同学去搬东西，自然少不了蟾蜍，恰好我也在。往回搬的途中，对面一个女生中暑休克了，在人群中引起一阵骚动。

这事恰巧被蟾蜍看见了。平日里惯使一双色眯眯的小眼睛往对面花从乱瞟的蟾蜍，当然不会放弃这种自我表现的良机了，顺便还可以揩揩油。但见蟾蜍一个箭步冲上前去分开人流，看到刚被扶起的女生后明显愣了一下，半天没动作。

我们远远望着正疑惑，人流又分开了，只见蟾蜍背着那女生颠抖着出来了。我们这才看清他背上的女生，粗略估计下大概有个接近二百斤吧，所以那画面整个看上去就仿佛是背着一个肉坨，底下的蟾蜍走得一步一叩首，举步维艰……一个字，惨！

精疲力竭的蟾蜍归队后，又被教官以不遵守军纪、私自行动为由，罚跑二十圈。

突然想到这样一句古语：天作孽，犹可违；自作孽，不可活。

用到蟾蜍身上恰如其分。

蟾蜍是个不折不扣的整蛊专家。

一日，教官让蟾蜍出列喊口号“立正，稍息，向右看齐”。那喊得真叫个有棱有角。喊着喊着，蟾蜍就忘了自我，找不着北了，本来是一个向右看齐，都大学生了，又不是没点觉悟，非要来点发挥。

“用旁光看齐。”蟾蜍喊道。话一出口，顿觉不妙，霎时血色全无。

“不是用‘膀胱’，是用‘余光’！”教官脱口而出。

“哈哈哈——”不知哪位最先爆发，于是人群里的笑声一浪高过一浪。教官脸都绿了。

自此，蟾蜍一“喊”成名。

“军训事件”有力地印证了马克思主义唯物辩证法中一分为二看问题的观点。不幸的事接踵而至。

在事后大约一周的时间内，蟾蜍罹患“膀胱恐惧症”，直接症状表现为听到上述二字浑身颤抖，还伴有令人咬牙难忍的并发症。所以为了人身安全着想，我们三缄其口，倒也相安无事。

一次，阿发尿急，站在卫生间房外对正在方便的老周大叫：

“快点啊！膀胱都憋破了！”

本来，这也是无心之失，偏偏这话被刚从食堂凯旋的蟾蜍听到了。

刚刚还哼着小曲满面春风的蟾蜍顿时血脉偾张，我心里“咯噔”一下，还没来得及叫阿发快闪，就见蟾蜍手中的饭盒划过一道优美的抛物线，准确地命中阿发的大脑袋。

幸好是塑料饭盒，不然的话阿发可就惨了。阿发愣了一下，这才反应过来。素知蟾蜍这一症状，只得作罢。

五

军训持续了大概二十多天，军训之后，蟾蜍声名鹊起。从某种意义上说，是军训成就了蟾蜍。搞得蟾蜍天天感慨：盛名之下，其实难副。

整个军训下来，基本上都黑了一圈，个个堪比黑李逵。

可怜一向臭美的阿发也晒脱了型，天天抱怨他的巴黎欧莱雅都白涂了，继而呼天抢地心疼银子。

军训一结束，院里便通知去教材科领书。

书发下来一数，有二十来本，什么《西方经济学》《货币银行学》《微积分》《线性代数》《随机数学》《市场营销学》《会计学基础》《发展经济学》《统计学》……一大摞，看得令人咂舌，想这四年都得为此营营役役了。

翌日正式开始上课。第一堂课是英语，大家伙儿无比兴奋，早早就跑去教学楼占好位子，从前到后坐得满满当当。八点上课铃响，老师在我们的翘首以待中款款而来。

“哇，美女啊！”

老师前脚踏入教室，同学们就各自在下面窃窃私语。

“这老师好年轻哦。”

“条子那么好，真令人忌妒！”

“睫毛好长哎，还是双眼皮。”

……

谈论归谈论，只能是地下言论，大一新生胆子还小，终究不敢造次。

老师放下书就用流利的英语开始了开场白，新生除了通过语调感受到老师的热情外，其他一无所知，不由得面面相觑。

所幸，老师一番滔滔不绝的英语致辞后，又用汉语翻译了一遍，大意是：欢迎你们作为高考的幸运儿坐在了这里。今后我将作为你们的英语老师，教授你们大学英语。希望我们能合作愉快……

这本是很普通的开场白，类似言辞随处可闻，但从这个老师口里出来后，仿佛就具有了某种魔力，特别能感染人。话一说完，掌声雷动，经久不息，不由得感慨美女面子之大。

老师讲完就轮到我们做自我介绍了。一番叽里呱啦下来，好坏优劣立现。大抵我跟老周一个档次，蟾蜍和阿发一个档次。我和老周算是勉强混得过去，毕竟高考英语也算是一百分以上了；蟾蜍、阿发比较不济，客观说可以代言北大的代表建筑——一塔（塌）湖

（糊）图（涂）了。

在认真听了我们的自我介绍后，美女老师决定采用双语教学，从她不自觉中流露出的遗憾，不难想见她高估了我们的实力。但无论如何，这比高中那种分快慢班的形式还是让我们好接受多了。

放学后蟾蜍大放厥词，发誓以后每节课都坐第一排中间，还寡廉鲜耻地美其名曰“守候在离天使最近的地方”。搞得我们几个头皮发麻，鸡皮疙瘩掉一地。

六

一周过去了，新鲜感荡然无存，起初的积极性马上消遁无踪，开始各行其是。

最近，阿发突然迷上网游，一发不可收拾，经常夜不归宿。

得知阿发整日为之茶饭不思，废寝忘食，殚精竭虑的是《剑侠情缘》——一款不入流的游戏时，我们仨对其表示了严重鄙视。然后，阿发继续保持着他一日飙升N级的速度乐而忘返。

其实，有些游戏还是蛮不错的，比如《魔兽世界》《星际争霸》《红色警戒》，都算得上是红极一时的游戏，有着完整的剧情，扣人心弦的攻防场面，以及精细的布局设计，是基于脑力抗衡的佳作。而《剑侠情缘》这类游戏，除了翻来覆去做些无聊的任务外，一无是处，但凡久经沙场的高手都是不屑的。鬼晓得，阿发怎么迷上这等脑残游戏，实在让人对其游戏智商感到遗憾。

终于有一天，阿发眉飞色舞跟我们说，他现在是区里“扛把子”级别的人物了，人挡杀人佛挡杀佛，那些小喽啰都唯其马首是瞻。不屑归不屑，我们还是颔首恭贺：“嗯，不错，很黄很暴力”。

第二天，就从网上得到《剑侠情缘》转区的消息。换句话说，之前的那些丰功伟绩今番一笔勾销，一切从头开始，大家又站在同一个起跑线上了。

阿发简直要抓狂了，从一个悠长凄厉的“操”字开始了对金山公司的讨伐，然后像贝纳特夫人一样嚷着要我们可怜可怜他脆弱的神经。

我们无动于衷，我的心底甚至激荡起一股窃喜和快慰。

我们都习惯从别人的痛苦中寻找快乐。

有一天，当我遭遇类似打击时，他们也会这样的，我敢肯定。套用电影《无间道》里的经典台词——“出来混的，总有一天要还的”。

这是人性的弱点。

失去了精神支柱的阿发开始看动漫，看《灌篮高手》，看《名侦探柯南》，看《火影忍者》，然后兴致勃勃、眉飞色舞地给我描述个中精彩片段，唾沫横飞，滔滔不绝。

他常以个中帅哥美男自居，大言不惭地以风度翩翩的谦谦君子自我标榜。

我说："我想吐。"

他说："吐吧吐吧。习惯了就好了。"

他颇中意自己的眼睛，常常自鸣得意，美其名曰"明眸善睐"。他叫我目视他的眼睛，感受什么叫"眼波流转"。

我说，我未觉眼波流转，唯觉淫光四溢。

他不干了，上前箍我的脖子，叫嚣着要我尝尝他的厉害。

我赶紧正色道："其实我感觉到了。真的感觉到了那种潋滟似水的眼波，那股摄人心魄的柔情。兄弟，中国的梅派艺术就靠你发扬光大了。"

言毕默哀三秒钟，顺便对梅老爷子道个歉，乞求勿要怪罪。

那家伙说："不错，不错，境界有所提高。晚上的夜宵我请了啊。"说罢，心满意足屁颠屁颠地去了。

七

转眼开学已半个月了，各个社团也开始招兵买马。

社团很多，令人眼花缭乱，诸如心理协会、计算机协会、文学社、乒乓球协会、羽毛球协会、影视协会等，也有个别特别振聋发聩的社团，譬如性科学协会。

我报了心理协会和乒乓球协会，我不关注那些鼓吹得天花乱坠的宣传板，兴趣最重要。

回到寝室，蟾蜍兴冲冲跑来说："今天开始社团招新了！"

我说："知道啊，你报了吗？"

蟾蜍说："当然报了啊！我报了性科学协会。"

虽然早已做好心理准备，但当那几个字从蟾蜍口中吐出来时，还是有点不能承受。但见蟾蜍一脸淫邪地望着我笑。

我说："贱人。"

蟾蜍马上不干了，说我是不与时俱进，"性也是门科学"，他这是为日后优生优育奠定基础。

在这个谈性色变的社会，蟾蜍冒天下之大不韪，选报性科学学协会，勇气可嘉。真的勇士，敢于直面惨淡的人生。

对某些人来说，加入社团是为了有机会认识美女。要说蟾蜍这种人渣是要去学习科学知识，打死我也不信。

这种机会，早就蠢蠢欲动的蟾蜍想必是觊觎已久，所以当然不会放过。

我说："想泡美眉别的社团也可以啊。"

哪晓得蟾蜍给的答案令我几欲吐血——"这种社团，女生会比较开放，比较谈得来。"

呜呼，狗屎！

阿发报了影视协会，每个星期六可以看电影。一开始，我不免疑惑，电影哪儿都可以看，为何非得参加个什么协会呢？转念一想，又豁然开朗，阿发这丫也不是好鸟！月黑风高时，便于因地制宜。

老周报的是计算机协会和英语协会，一直听他说想学点动画之类的电脑技术，提高一下口语。今番总归得偿所愿，以后便是英语角的常客。爱学习的好孩子！

入会之初，根据协会性质，会象征性收些会员费，一般在十五到二十元。蟾蜍却缴了整整五十元的会费，回来后破口大骂协会腐败之甚。我们在一旁添油加醋，性服务行业向来收费比较高一些。

等到见面会开罢，蟾蜍更是牢骚满腹。

“一个协会居然找不到一个人样的女生，一个个比鬼还吓人。”

我说：“那是自然，用脚指头想想就知道，真有点姿色的美眉，谁会去哪种地方？唯有那种长得寒碜的女生，知道进这协会的都是些饥渴男，荷尔蒙分泌一旺盛，往往大脑就会比较单纯，所以也比较便于她们自我推销。此外，也可以抱着学习的态度，寄希望通过优生优育使她们下一代免受她们所受的创痛。万一生个女儿长得像朵花，你不要啊？”

蟾蜍闻罢，颔首称是，说：“小虎高见，真的栽了，我咋就没想到呢？”

“以你的智商，能听懂我的话就已经让我感到欣慰了，要求不要太高。”我说。

然后，郁闷至极的蟾蜍留下一个孤寂的背影，一言不发地走出寝室。

不远处传来一声凄厉的哀号。

从寝室门前经过的一同学对一起走着的同学说：“你听，那只猫又开始叫春了。”

八

在社团混迹了一段时日的阿发，盛赞社团中美女的风华绝代，一个个闭月羞花、沉鱼落雁。

蟾蜍便挤在前面很认真地听，听得哈喇子直流。听着听着就抑郁了，开始叫嚣老天太不公平——阿发这崽子能有如此桃花运，我咋就从未有过呢？

然后阿发就很得意很认真地对蟾蜍说："不要怨天尤人，这是命，宿命，懂不？"

蟾蜍简直要抓狂了。由于阿发这厮常常夸口，他可以在这一干美女中左右逢源游刃有余。

蟾蜍要挟说："那啥时候给兄弟介绍一个。"

他当即把胸脯拍得山响说："没问题，小意思，包在兄弟身上。"

然后，可怜的蟾蜍左等右等盼星星盼月亮，等到心灰意冷，等得花儿谢了又开，开了又谢，却等不到下文。

自古多情空余恨，此恨绵绵无绝期。

这件事以阿发被迫请蟾蜍去麦当劳吃了一顿告终。阿发回来后心疼了很长一段时间，逢人便说“浑蛋蟾蜍真下得了手”。

说到运气，我虽然不知如何解释，但我相信人与人的运气是有好坏之分的。就像有的人怎么努力做一件事都无法成功，有的人不怎么努力却能马到功成。这大概只能列入“宿命论”的神秘主义范畴。

阿发就是那种运势极强的典型代表，有时运气好得只能用“匪夷所思”来形容。

一次我跟他在街上走，街上人流如织，走着走着他头一低俯身捡起个什么东西——那是一张红色的纸币，上面印着伟大领袖的头像。

我就疑惑了：为什么前前后后的人走来走去熟视无睹，就他看到了呢？然后我要求分赃，我们一起去重庆朝天门火锅海吃了一顿。

再如，有次我们四个睡过头了，从后门溜进教室后紧张兮兮地问旁边同学：“老师点名没有？”

同学说：“除阿发没点到外，你们三个都被点到了！”

听到后我的心咯噔响了一下。

这意味着下不为例了，老师规定迟到旷课达两次考试就挂科了。

然后，阿发不胜其爽地奸笑着，笑得我们恨不得扁他一顿。

还有个最直观的事例就是我们一起去食堂吃饭，同样的菜，阿发碗里的肉就是比我们的多，搞得我们很不平衡。阿发将此归功于人格魅力，话没说完我们就把他碗里的肉抢了个精光。

听说运势也可以转接，蟾蜍就像块儿橡皮糖，有事没事跟阿发黏在一块，形影不离，希冀可以走桃花运什么的，甩都甩不掉。搞得阿发甚是苦恼，到处跟别人解释自己性取向正常。

这样过了几日，阿发以蟾蜍把坏运传染给他为由将之打发。蟾蜍亦自以为窃得几分好运气，心满意足屁颠屁颠地去了。

九

适逢学校建校一百周年，学校筹办百年校庆。

庆典的第一个节目是大合唱，要求全部为大一新生，为了突出其群众性，采取自愿报名的方式，重在参与。

报名如火如荼地进行着，阿发更是迫不及待地报了名。

虽然没正式在KTV听过阿发唱歌，但就凭他平日哼的小曲儿，我敢断言阿发没有歌唱天赋。

犹记得在第一次听到阿发尖细的小嗓音深情缱绻地哼唱着莫文蔚的《广岛之恋》时，我就有一个不祥的预感。

果不其然，阿发对这首歌一度着了魔，天天哼，夜夜唱，只唱得天崩地裂、海枯石烂，只唱得天昏地暗、日月无光，只唱得我们痛不欲生、生不如死。

那几天是我生命旅程中的一段噩梦。有几天甚至出现耳鸣，我去校卫生院，医生痛心疾首地说我是受到不良声源的强烈刺激，要我要注意保护听力。

我当时那个感慨啊。想起赵本山小品里的一句话——“别人唱歌要钱，你唱歌要命。”

然后，一场耳朵保卫战就这样轰轰烈烈地展开了。

为了抵御不良声源的恶劣影响，我买来了一套美国进口防噪耳塞，想：有此装备，任你阿发嗓音肆虐，我自优哉游哉乐得逍遥。

然而，当晚我就发现我错了。虽然分贝有所减弱，但阿发的声音依然像只该死的苍蝇在我耳畔飞过来飞过去，无孔不入。我不能不佩服其穿透力之强。

后来，我终于扛不住了带着哭腔说：“阿发，你行行好，不要唱了行不，拜托了……”

然后，阿发做出一副欠扁相，说：“大家看啊，一个天才的歌唱家就这样被扼杀在摇篮里！”然后慨叹世风日下，人心不古。

话刚说完，老周、蟾蜍即刻立场坚定严重支持我的要求，说我的要求代表了群众的共同心声。三比一，少数服从多数，阿发就这样被封杀了。

所以，当阿发报名参加合唱时，除了感叹其勇气可嘉，我们无话可说。

很奇怪，阿发缘何对自己的歌唱水平如此自信，以致到了病态盲目的程度。同时不得不慨叹自信力量之大。

报名后，阿发就又开始强奸我们的耳朵，突然我发现阿发很有做声优的潜力。

每次阿发去学校参与集体合练，整个寝室就难得的清净。

就这样过了一个月，校庆日到了。

学校礼堂华灯璀璨金碧辉煌，学校平日难得一见的头头脑脑在嘉宾席正襟危坐。

首先是党委书记致辞，照例是一篇冗长繁复的官样文章，毫无重点，不知所云。

盼星星盼月亮总归是念完了，我们热烈地鼓掌。

然后，阿发一众惊艳亮相。我一眼就看到了阿发，穿得人模人样，在第三排第六个位置，正朝我们这边瞅呢。

演唱开始，首先是女生独唱，柔软舒缓的声线如小溪潺潺流出，一听就晓得是经过专业训练的，水平跟阿发不可同日而语。

台上一干人做陶醉状，阿发在那里摇头晃脑，极尽夸张。

独声部唱完，紧接着就是男女声二重唱。

听着听着，耳边又隐约传来时隐时现的群蝇乱舞的声音，看着身旁的老周蟾蜍，端坐在侧面带微笑，很是惬意。

我又仔细听了听，还是有苍蝇乱舞声。不过，不甚明显，仿佛刚冒出头来就被一巴掌拍死了。

整个合唱气势如虹，当声音消失，短暂的沉默后掌声雷动。

没被阿发搞砸，编排人员应该暗自庆幸了。

事后，我问老周蟾蜍有没有听到蝇鸣声，他们说没听到，我又不免惶恐——莫非我幻听了？

十

根据惯例，为了增进友谊联络感情，每年十一月各个协会都会组织出游，到郊外或景点野炊。

因为听说影视协会美女颇多，蟾蜍对性科学协会失望之余，强烈要求随阿发出行。我们都说，要是在抗战年代蟾蜍这种积极投诚的两面派早已被枪毙N次了。

是日，蟾蜍与阿发起了个早，花了半天打理。蟾蜍显得相当兴奋，把头反复洗了三遍，直洗到黑水变成白水方才作罢，把一个月积攒的腌臜洗涤一净。然后照例拿着阿发的美涛牌啫喱水狂喷一通，一旁的阿发心疼得咬牙切齿。

别人的东西永远用不完，人性的弱点。

折腾了半晌，二人方才打理完毕，换衣服时，蟾蜍还不忘对着镜子照了又照，摆出各种自以为夺魄摄魂的姿式。我注意到他粉红色衬衣上醒目的商标“CABBEEN”。

“不错啊，你小子有钱了，都穿上CABBEEN了！”我说。

“啥呀，仿的，CABBEEN可不是谁都买得起的。”

我不得不兴叹中国仿造业形式之盛，中国创新力薄弱，但仿真技术堪称世界一流，大到核潜艇，小到服装手机随身听，应有尽有。于是，经常看到一些促销业务员头戴“NIKE”身着“D&G”脚踏“ADIDAS”，在大街上招摇过市，蔚为壮观。一直想为仿造业做个广告，广告词都想好了——“让名牌不再遥远！”

有朝一日中国能再造个美国出来，那才真叫牛呢！让“美国”与美国吵架，自己扇自己耳光，我们作壁上观，多有意思！

到集合时间了，早已打理妥当的阿发和蟾蜍就雄赳赳气昂昂地去了。

我和老周不慌不忙洗漱。我问老周：“今天有什么安排。”

老周说：“去图书馆自习。”

我说：“你也别自习了。劳逸结合，咱们去打游戏吧。”

学校门口有两家电子游戏室，里面各有十几台机子，每天人满为患，以小学生居多。

听说附近早先就左边那家游戏室，当时游戏币售价是一元钱四个币，后来旁边不远处又新开了家游戏室，两家游戏室为争夺客源竞相压价，展开恶性竞争，于是游戏币的价格逐日下降，从四个到六个，六个到八个，直到如今一元钱十个币。

我们游戏玩家自然是拍手称快，降吧降吧不是罪，是游戏室老板的眼泪，降得越多我们越高兴。

像我这种水平的一元钱可以玩一天，有更甚者一元钱可以从星期一玩到星期五，不能不令人五体投地。

我自诩算是比较早接触游戏机的人了，可以对各种游戏如数家珍，像最早的格斗游戏《街头霸王》，还有些老游戏如《三国志》《铁钩船长》，加上后来甚嚣尘上的《拳皇》，无不玩得熟练，技术虽算不得登峰造极，也能说是炉火纯青。每次把最后的关主干掉通关后，都会不胜其爽，很有成就感。

如今随着电脑游戏的迅猛发展，游戏机的市场份额也日益被蚕食，像一块旧海绵中的水被几近拧干。游戏币卖到如此便宜的地步，一定程度上有这方面的无奈。

但游戏机毕竟是伴随着我们一代长大的，它是我们八〇后记忆中不可或缺的一部分，所以每每看到它都会油然而生一种亲切。也许，现在对游戏机恋恋不舍的八〇后，都是些怀旧的孩子。

十一

买了一元钱的游戏币，给了老周七个，老周用一种怪异的眼神看着我。

老周也曾以九十年代游戏机玩家自许，尝谓各式游戏无不精通，所以当我提出跟他对战并以七比三的比例处理游戏币时，老周显然有些不能承受，说：“竖子安敢小觑吾？！”叫嚣着要我为我的轻慢付出代价。

我问：“老周玩什么游戏。”

他说就《拳皇》吧。

当我用八神庵接连把老周自称的麾下三员以一当十的虎将拉尔夫·琼斯、特瑞·博加德和草薙京挑落马下，老周明显有些诧异——说句实话，老周的技术确实也不赖，只是比起我这在游戏室浸淫多年的鼻祖级玩家而言，还是小巫见大巫了。

老周很不服气，说这只是他的小前奏，方才所选乃是其活络经脉的次级组合。言毕祭出了他自谓的惊天地泣鬼神鬼哭狼嚎超强攻击阵容——变异八神庵、二阶堂红丸。

接下来的场面真是鬼哭狼嚎，最后老周的角色被我用八神庵玩出三十六击，愣是比赛结束后半天在空中掉不下来，颇具观赏性。我的手法套用周杰伦的歌词就是“手在键盘弹钢琴”。

直到后来旁边观战者不忍目睹了，说：“算了吧，死都死了，还打啊！”

老周在一旁看了半天游戏视频后，一言不发起身，自个儿闪到一边玩《惩罚者》去了。

不料，后来一个小学生模样的男孩加入对战，结果我被他一挑三，不能不慨叹：人外有人，长江后浪推前浪。想起电影《功夫》里的一个桥段，幼年周星驰遇到一个高人，后者给他一本《如来神掌》，摸摸他的头，说：“小兄弟，我看你天资异禀。这本书你好好研习，日后保卫世界和平的任务就交给你了……”据说，后来这小子有个“艺名”，叫“小孩”。

幸亏没被老周瞥见，否则就糗大了。

半天时间就这样在游戏室度过，回到寝室阿发跟蟾蜍已回来。

“咦，这么早就回来了？”我纳闷。

“哎，别说了，掉大了。”阿发一脸无奈地看着蟾蜍，“你问他吧。”

原来，这次他们一行组织去江边野炊，共分成六个小组，每组六个人，蟾蜍就跟着阿发蹭饭。碰巧，阿发所在小组有个绝色美眉，蟾蜍就按捺不住了。蟾蜍这人就这德行，看到美女，他体内荷尔蒙就过盛分泌，就容易找不到自我。

找不到自我的蟾蜍就自动请缨，展示烹饪技艺。他做糖醋排骨时，得意忘形之下把盐当白糖使。结果，吃饭时开始个个谈笑风生，其乐融融，吃着吃着不对劲了。接着，组员们伸着老长的舌头，一溜烟跑别组蹭饭去了。阿发和蟾蜍自觉汗颜，托故开溜。

我和老周面面相觑无言以对，然后诚挚地表示了我们的悲恸和遗憾。

自古多情悲寂寥，多情只被无情恼。

为报红颜倾城容，空余后人几多笑。

十二

浑浑噩噩中，一个学期稍纵即逝，转眼又到岁末，考完试就可以放假回家了。

于是，学习认真的不认真的都铆足了劲儿在这最后关头充电。当然，前者在于锦上添花，后者则是临时抱佛脚。

特别是英语考试，掣肘尤甚，我们不得不把大把时间投入其中。老师一直耳提面命要我们学好英语，但我一直疑惑的是，学好英语作用何在？仅仅就是片面地追求英语四六级考试的高通过率？为此而耗费我们一半以上的学习时间，从时间成本上看，是否值得？专业知识都丢掉去学英语，是不是舍本逐末呢？目前整个市场包括人才市场皆是需要差异化竞争，如是，不若全部改学英语专业得了，一定程度上还具有专业优势。我们要的是专才，而非博学之才。况且有些人本来在某些方面有一定天赋，而另一方面资质平平，为何要将事半功倍变成事倍功半呢？所谓“闻道有先后，术业有专攻”，如是而已。古人都明了的事，今人反而迷惑，某些部门的头脑们整日山吃海喝，脑袋都出问题了。

临近考试的时候，学校资源短缺的问题就凸显出来。自习室、图书馆常常人满为患，就连树林间给恋爱一族准备的小石桌石凳，稍微去晚了，都被人捷足先登了。

像我们几个懒觉睡惯了的，自然而然成为迷惘的一代。常常是豪情万丈雄赳赳去自习，在学校绕一圈后气昂昂返回寝室。

唯有老周勤快，天不亮就爬起来，所以总能找到位子，但校方规定非常时期不得占座，故而于吾等无益。

思前想后，我们慨然决定要早睡早起，在全寝室掀起一股向老周同志学习的运动。怎奈意志不坚，坚持一两天就不行了，每日闹钟叫了好几遍都无济于事，甚至怀疑自己是否已形成免疫抗体。于是，又只剩老周孤军奋战。

出淤泥而不染，这话放在老周身上，恰到好处。

不过，我们终于没有视死如归的气概，所以考试那几天，还是破例起了几次早床。

也正是在大学，才知道“划范围”一说，也初步领略了它的妙用——老师学生都轻松，两全其美。

所以，基本上考前把重点熟读成诵，考试就形同虚设。

第一门考下来，发现所谓划范围其实差不多算是点题了，才发觉原来我低估了划范围的能量。

接下来的复习准备更是轻车熟路，索性连书都扔了，专攻整理的考点答案。然后在考场上势若破竹，无坚不摧，所向披靡。

蟾蜍、阿发为求通过，不惜顶风作案，将答案缩印成小纸片，还好，未被逮住。不过，这次也有几个倒霉的家伙被抓了，学校明显是想给大一新生一个下马威，所以那几个点儿背的就成为刀下亡魂了。

考完最后一门，就各自作鸟兽散，回家度寒假了。

十三

寒假过得总是那么快，过完年走亲访友后就各自返校了。

新学年要有新气象，蟾蜍用行动表示了支持。开学伊始，便去剪了个巨彪悍的刺猬头，酷味十足。

阿发也开始像个暴发户一样大手大脚地挥霍，买了不少我们叹而远之的东西，还请我们去学校附近的朝天门火锅撮了一顿。

我们一干众人甚是荣幸，笑容可掬地跟在阿发后面，很有一人得道鸡犬升天的感觉。

问及阿发缘何突然阔绰。阿发说，他有个干爹，过年去拜年，干爹给了他五千元压岁钱。听得我们瞠目结舌，这么阔。突然想起，阿发曾说他家是做企业的，这年头是有钱就是爷的时代。

这学期的课比上学期多了三门，增加了专业基础课。

英语老师一如既往，苦口婆心规劝我们要好好学习英语，说校方出台了新规定，毕业前过不了大学英语四级考试，就不给发学位证。拿不到学位证意味着你像一个被打上“不合格”烙印的次品，得不到认可。换句话说，你四年苦苦攻读白费了。

一石激起千层浪，老师话音甫落，台下便议论纷纷。

“操！”蟾蜍愤慨。蟾蜍这同志说话向来言简意赅，一针见血。

“不是吧，真想把我们赶尽杀绝？”阿发如坐针毡。

我的第一反应是，想把出台这规定的暴打一顿，然后拿一张大学英语四级试卷要他做，我保证他肯定及不了格。某些人在那个时代物质上吃了苦头，见我们现今生活有滋有味，心理失衡，就变着法子要我们在精神层面做出补偿。

看看一旁的老周，正襟危坐，不发一言，波澜不惊，不禁暗叹好定力，确乃可造之才。

不过话说回来，于老周而言，大学英语四级不过是练兵级，小意思，故而能有笑傲江湖的气概。

最惨的当数蟾蜍，这厮进校时英语成绩才刚刚及格。这孩子有重理轻文的倾向，数学不错，英语一塌糊涂，寝室对英语考级最最深恶痛绝的主儿。用他自个的话说——“我就不是学语言的料儿，我这脑袋是用来搞研究的”，常常有生不逢时的愤懑。

所以这规定对蟾蜍而言无疑又是当头棒喝。

“该死的大学英语四级！”

十四

炼狱的生活又拉开了序幕。

这样想着的也许不只是我一个人，但对某些人可就无关痛痒了。他们是相当乐观，相当看得开的，比如阿发。

一般来说，阿发上课旷课的比例大约保持在二比八。至于那百分之二十的比例中，又有百分之二十五看八卦新闻，百分之二十五看武侠，百分之二十五做眼保健操外加凭窗远眺，另外的百分之二十五就是睡觉。

从以上数据不难看出，阿发是位能合理安排有限时间，以追求效用最大化的同志，而且做事讲究有序性，劳逸结合。

无怪乎每每慨叹大学生活枯燥乏味之时，总有阿发出面力陈大学生活的丰富多彩。至于登记表上“兴趣”一栏，他总是条件反射地填上“兴趣广泛”，似乎也不足为奇。

广泛涉猎也许是阿发的天性，而他最大的爱好，莫过于将白天搜集到的八卦新闻整理汇总，然后晚上在寝室唾沫横飞地兜售。信息量大，覆盖面广。譬如，周杰伦有几次演唱会未穿内裤；成龙大哥几次把袜子穿反了；张惠妹为什么叫张惠妹，不叫张会媚；谢霆锋为什么谐音“泻停封”，五花八门，应有尽有。

就像所有政治家都看不惯别人比他更出风头一样，阿发也有这一弊病。所以阿发最受不了的就是某个“鸟人”当着他的面大侃特侃。他认为这是一种亵渎，出于人道主义，阿发每每应时而出，以一种卫道士的姿态“清理门户”。

“你知道朱茵脸上有几颗痣？关之琳用什么牌子的护肤品？周迅祖籍何处？梁咏琪住宅电话是多少……”

面对这般咄咄逼人的气势与匪夷所思的问题，任凭你有再大的本领也唯有甘拜下风，缴械投降。此时，阿发便有一种伸张正义的自豪，这从他红光闪烁的面部表情大约可以解析。

我对阿发佩服得五体投地。

私下里，我一脸虔诚地问：“阿发啊，你咋知道朱茵脸上有几颗痣哩？”

阿发面不改色说：“那还不简单？！网上朱大美女玉照俯拾皆是，随便挑张拿放大镜，自己数数不就知道了！”

阿发也有东窗事发的时候。

隔壁寝室的小蔡是梁咏琪的忠实拥趸，这从阿发每每提及梁咏琪时，这厮都小河流水般淌着崇拜的口水，可窥一斑。

一日，小蔡又听到阿发拿梁咏琪的住宅电话压人，便小声问阿发："我说发哥呀，你告诉我梁咏琪家电话，我中午请你吃鸡腿。"

阿发推诿道："这是国家级机密，不可随便泄漏。"

最后，在小蔡死缠乱打软硬兼施的情况下，阿发没能坚守立场，做了妥协。

然后小蔡满心欢喜屁颠屁颠地去了。

阿发见势不妙，赶紧开溜。

少顷，但见小蔡一路骂骂咧咧着回来了。

"浑蛋，打到老班（班主任）家了！"

闻者绝倒。

晚上，阿发照例眉飞色舞、唾沫四溅地进行着雷打不动的每日一讲。小蔡冷不丁冲了出来，对着阿发乒乒乓乓一阵暴打，号叫中只听阿发喊了一句：

"快去叫救护车！"

十五

这段时间我时常觉得手头拮据得很，想买什么都得考虑预算，很是憋屈，遂有捞些外快之意。老周亦有此意。

思前想后还是做家教兼职比较合适，但又不敢相信中介，于是决定亲自寻觅。

朋友说武胜路新华书店门口蛮适合，然后我跟老周就风风火火地过去。

刚一下车，着实被吓了一跳。新华书店门口黑压压一片，都是些学生朋友，手里拿着块儿纸板，上书“××学校家教兼职”，有的注明优势辅导项目。人山人海，蔚为壮观。

环顾四周，发现俺们学校不说鹤立鸡群，也还算首屈一指叫得出名头的，所以有些暗自窃喜，颇有些父贵子荣志得意满。

我和老周拿出预备好的纸板，站在人丛中，看着进进出出的家长。

一有拉着小孩儿寻寻觅觅的家长，一拨人就呼啦一声冲上前去，围得水泄不通，七嘴八舌不遗余力推销自己。

然后，家长在仔细聆听，深入分析，讨价还价后，选定某人，说：“你跟我走，先试讲看看……”

然后，失意者艳羡地看着幸运者四散开来。

突然觉得凄凉，想到小时候电视剧里看过的情节，孤苦无依的女孩儿跪在地上，前面放个纸板，上书“卖身葬父”。然后一个肥硕的官老爷走到近前，色眯眯地打量一番，丢下一锭马蹄银说“跟我走吧……”

正想着，一个中年妇女走到跟前，看了看我手上的纸板，说：“你是华大的？”

我说：“嗯。”

她问：“辅导高中英语有没有问题？”

正欲回答，一帮人呼啦围将上来。

“阿姨，您需要找什么科目的家教？”

“阿姨，我是××学校的。我理科很好的。您的小孩是要辅导理科吗？

“阿姨，您的小孩是女孩儿，还是男孩儿，读几年级？”

……

像是一下子进入了菜市场，有种猝不及防的眩晕，只觉得跟前群蝇乱舞。

那女人的儿子读高二，是个美术生，基础有点儿薄弱，想找个英语好的辅导一下。

马上有个自称英语专业的学生自告奋勇，毛遂自荐，说自己高考英语一百四十多分，英语通过专业八级，做过英语培训机构讲师，辅导过的学生平均英语提升四十分……

只听得我等瞠目结舌，家长心花怒放当即拍板："行。就你了，现在就去试讲！"

不知道那厮方才所言是否属实，感觉有些夸大其词。由是知道，要找家教兼职须得脸皮厚会吹嘘。

然而，我悲哀地发现我和老周都不属于那种类型，所以我们注定是被淘汰的一方。人生在世充满竞争，处处遵循优胜劣汰物竞天择的丛林法则。家教兼职市场也概莫能外。

我们并非实力不济，只是不懂表现自己。

我们就像廉价商品一样被人取舍，等待着卖出的惊喜和敝帚自珍的遗憾。

我们更像在等待戈多。

这是意气风发的一代，这是迷惘的一代。

一直等到天快黑，找家教兼职的学生都陆续走了，我们还是一无所获。

"撤吧。"我有气无力地对怏怏的老周说。

"你们是华大的？"

这时一个女声响起。

十六

感谢我们最后一分钟的坚持。

那女人有个读初三的儿子想辅导语文，濒临中考，想补一下基础。

语文是我的强项，区区初三实在小菜一碟。

我扫了眼一旁的老周，发现他也目光急切，也想把握住这个机会。

不过，毕竟僧多粥少，犹豫了一下，老周谦让："小虎，还是你语文功底比较好，你做吧。"

我实在太想得到这份家教兼职了，竟然没有象征性地礼让就一口应承下来。

然后，我和家长就辅导时间和价钱达成一致：每个星期二上午和星期五上午去辅导两个小时，价钱是每小时三十元。约定从下个星期五开始。

孩子叫魏良丞，因为不幸罹患心脏病，所以离校在家学习，长住位于杨汉湖的奶奶家。从学校到杨汉湖，将近一个半小时车程。阿姨给了我那奶奶的号码，叫我届时到站拨奶奶的号，奶奶出来接我。

正在交谈时，又来了一位牵着小孩儿的家长，那孩子读小学四年级，想找个数学辅导老师，所以老周顺理成章接下了。

家长要求每个星期六星期天下午辅导两个小时。虽说价钱有点儿低，每小时二十元，但聊胜于无，所以总的来说还是不虚此行。我和老周击掌而庆，然后鸣金收兵。

回到寝室累得不行，就势躺倒在床上，阿发、蟾蜍问战况如何，我和老周相视一笑："还行，均有斩获。"

阿发说："正好我也缺点儿钱花，改天我也去找家教兼职做做。"

蟾蜍一脸不屑，回应道："算了吧。您就别误人子弟了，先把自己教好才是正理。"

说句实话，这还是我们的第一份家教，虽说没有经验，但充满激情。正如无数个第一次一样，总想做到尽善尽美。

所以稍息片刻，我就拉着老周上网查找辅导讲义。

因为是中考生，需要巩固基础知识，在考前做最后的冲刺。所以，我决定根据考试题型分版块强化辅导，循序渐进，按部就班，步步为营。

查阅了一下中考试卷，主要有字形、词语、成语应用、病句改错、现代文和文言文阅读、作文等题型。然后我就按图索骥整理了些有关知识点的讲义。

老周亦对小学四年级数学知识点进行了简要梳理。不过，小学四年级的东西实在有些简单，搞得老周呵欠连连。

马上就要开始我的家教之旅。星期四晚睡觉前，我把闹钟定在六点半。想自己都不晓得多久未曾早起过，实在有些忐忑：明日此时能否被唤醒。

十七

六点半，闹钟准时响起，我一骨碌爬将起来。老天保佑，我终于还是战胜了懈怠。

洗漱一通，看看表，六点五十分，我拿起书包便向站台赶去。

早上的站台没几个人，稍等了一会儿，729路公交就很给面子地来了。

车上没多少人，我选了最后一排中间的座位。

在这个城市，公交车总是玩命似的风驰电掣，令人不由一面暗叹司机技艺超群，一面心惊胆战，唯恐小命自此休矣。曾经看到书上写有研究，证明最后一排中间是公交车最为安全的地方。所以，自此以后我优先考虑坐最后一排中间的位置，防患于未然。

坐着坐着就睡着了，做了一个奇怪的梦，梦见我成为华人首富，开着劳斯莱斯，叼着雪茄，拥着美女，参加各种商务会议，春风得意。我在梦中嘿嘿地笑醒了，醒来发现周围乘客一脸狐疑地盯着我。

坐了一个半小时，到杨汉湖站下车。拨通奶奶电话，里面传来一个和蔼的声音，奶奶说马上就过来的。

一分钟后，一个奶奶带着一个初中大小的男孩儿走了过来。

我迎上去说："您是魏良丞的奶奶吧？"

老人慈祥地笑着应道："嗯，是的。你就是张老师吧？"

我笑道："对我就是。"然后我就随着奶奶和魏良丞一同上楼去。

不算高的个头儿，戴副眼镜，身体还算壮实，有些微微的虚胖——或许是长期吃药刺激所致。这是魏良丞留给我的第一印象。记得阿姨曾经嘱咐过，小孩儿脾气有些毛躁，不太听话，乍一看来，还真没发现。

第一次见面，难免有些局促，我主要给他讲了语文这门学科的特点，考查方向，如何学习，最后总结了一些规律性的东西，初步制订了我的辅导计划。

小孩很认真听着，在我提问时很配合地回答。第一次总是想全力以赴讲得最好，所以我滔滔不绝讲了半天没停歇，一直讲到口干舌燥，声音发哑。

魏良丞指着奶奶先前给我倒的水说："老师喝点水吧。

那一刻，我心里有种柔柔的暖——多懂事的孩子啊。

等我把所有内容讲完，恰好两个小时。我站起身跟奶奶告辞，临行前奶奶把他最近的一次考试作文拿出来，托我回去后帮忙点评。我说，好的，没问题。

出门时下着雨，奶奶见我未带伞，给我找了把伞，并执意要送我去站台，恰好良丞要回家，所以我们一起去站台候车。

奶奶说，良丞因为心脏病的缘故初二开始就一直在家补习，没有去学校上课了，学习落下不少。眼见马上就要中考了，全家都指望他能考个好点儿的学校，所以也很焦虑。

我安慰奶奶说："其实良丞就是基础差了些，脑袋还是蛮聪明的，悉心调教应该还来得及。"

"我相信经过我们通力合作一定能把成绩提上去。良丞有没有信心？"我转头看着他。

他不很自信地微微点了点头。

十八

晚上我就把良丞的作文做了批改。

良丞遣词造句的能力着实不敢恭维——词汇贫乏，成语几乎不知道，修辞运用为零，最主要的是语句不太通顺，像是在制造一种新的语法。他的作文实在有些不堪细读。

这是我首次以老师的身份批改作文，所以我很用心地写了评语和修改意见。

第一次去，毕竟是初次见面，相互比较生疏，所以都表现得中规中矩。第二次去，就让我见识了一个截然不同的良丞。

去的时候良丞刚从外面跑步回来，出了些汗，喘着气。他很礼貌地让我坐，给我倒了杯水，说奶奶在下面晨练，因为中考有体育项目的考评，所以自己也每天早上出去锻炼。

然后我们就开始了辅导。

毕竟还是个十几岁的孩子，随着相处时间的增长和认识的加深，慢慢地良丞的小调皮就探出头来了。

这次课我给他讲字音字形，讲到“炯”的时候，他突然问，张老师你见过这个字没有？言毕在纸上写了个“囧”。

“呵呵，最近网络流行语，跟‘炯’同音，大概是‘窘迫’的意思。”

“哦，老师这也知道哈哈，知道我的网名叫什么吗，叫作‘囧囧有神’。”

他说完得意地笑着。

然后他跟我讲目前的流行文化，讲以前在学校发生的好玩儿的事，讲他给老师起的外号——语文老师叫CT（Chinese Teacher），英语老师叫ET（English Teacher），化学老师叫BT（Biology Teacher），数学老师叫月亮姐姐，因为数学老师姓岳。搞得我在一旁捧腹不止，突然忆及我的初三，觉得他与小时候的我是如此的相似。

这次换他滔滔不绝地讲，一时间分不清究竟我是老师还是学生。

说句实话，起那几个绰号非泛泛之辈所能为，至少我那时还达不到此高度，呵呵，这孩子，还颇有些小创意呢！

后来，听到奶奶上楼的脚步声，他就突然安静下来，在奶奶开门进来的一瞬间，虚心假意地炮制个问题请教我，然后，瞥一眼奶奶赞赏的目光，魏良丞反侦察能力可见一斑。

有时讲着讲着就被他打断，奶奶每每斥责他话太多，叫他专心听讲。然后他就乖乖地听讲，然后再突然打断我的话。

挺好玩儿的小孩儿，呵呵，不是吗？

结束时，我布置他写篇作文，虽然他们现在主要强调的是记叙文、议论文、说明文诸种文体，不过我要求他以散文体裁写，就是有意训练其语感及对词语与修辞的拿捏运用。

我相信以初中生的水平，目前他们一个班上用散文写作的应该不超过三个人。尽管看上去有些揠苗助长之嫌，不过我相信剑走偏锋的奇效。我把我最近写作的一篇散文《林间的清晨》给他看，要他仿写一篇。他说："好啊，那题目就叫《傍晚的清晨》吧。"

我正待驳斥这鬼题目完全是自相矛盾，突然有种灵犀一通的感觉，领会到此题妙不可言之处，一时叹为神来之笔。

他调皮地嬉笑着说："张老师你回去问下同学，看我这题目起的咋样，下次来告诉我哦。"

我做出一个抱拳作揖之势——我服了你了！

十九

随着家教次数的增多，我们之间关系日益密切。

他问我："玩什么游戏。"

我说："魔兽啊、实况啊、反恐精英、街机之类的单机游戏。"

他便哦一声说："你掉队了。"旋即给我推荐些网络游戏譬如《天龙八部》《穿越火线》《地下城与勇士》。

我说："我现在就玩一个网游，朋友推荐的——《问道》。"

他立马做了一个拇指下指的手势。

他也算是个资深玩家。有着令人瞠目结舌的级别，令人叹为观止的技巧，令人朝思暮想的装备。他会花五百人民币去买套装备，于我看来这种动辄花数百元猎取装备的狂热，他却并不以为过分。有句话说得好，经济基础决定上层建筑。

我说："我小表弟也在玩天龙，不过级别不是太高。"

他很仗义地说："要是有人敢欺负他我去帮他报仇。"然后，他讲以前班上一位女生玩天龙被人欺负了跟他讲。他二话不说组织了八个帮派的顶尖高手去决一死战，结果对方都出局了。那次著名帮战把游戏高层都惊动了。

他要我从现在开始玩《穿越火线》，说中考后他来找我玩和我组队，有这样一个绝世高手在侧，我应该会很有安全感。

与一些沉湎游戏的孩子不同，他是个爱看书的孩子。自称初中去北京上班的爸爸那儿玩，闲来无聊把《时间简史》通读了一遍。

当时我很是崇拜，想我至今都不愿翻开书的扉页，一个初中生居然可以看完实在佩服佩服！

还在读小学时，他就业已把《论语》《三字经》一字不差地背了下来，案头摆放着《诗经》和《增广贤文》，说是偶尔翻阅。搞得我自惭形秽，至今我读过的书确切算来不过是古典四大名著，且尚未领会其精髓之万一。

我教他写散文，教他如何用修辞，教他如何遣词造句。我要他学着写题记，他很迷惘地问："在哪儿找那么多名人名言啊？"

我说："那好办。只要你认为自己有那个能力，那你就自己编句貌似颇有哲理或者道理的话即可。即使一些庸俗普通的句子在名人光环下也变得熠熠生辉。然后你可以说，苏格拉底说过，可以说莫泊桑说过，可以说陀思妥耶夫斯基说过。"

他说："那就陀思妥耶夫斯基吧，这名字好玩儿。"

他说："那老师不会发现是自己编的吧。"

我说："这你大可放心，你们老师可不是陀思妥耶夫斯基。"

然后在那篇他所谓的散文处女作《傍晚的清晨》的篇头，他如是写：

陀思妥耶夫斯基说过，黄昏是最美的，我尤爱这夏日的黄昏。

——题记

后来发现另外一种形式貌似更好，于是改成：

黄昏是最美的，我尤爱这夏日的黄昏。

——陀思妥耶夫斯基

我找来一些抒情散文名篇名句，让他多读，以培养散文语感。我让他尽量多用叠字，如"暖暖""亲亲""静静"，形成双声叠韵的音乐美。他就托我帮他列举些可用于自然风物的叠字，我就依自己习惯列了些。

他很小心地保存着说："这是撒手锏。到时上考场前看一看。"

搞得我一时间受宠若惊。

听说我出版过一本散文集，他便跑去新华书店，未曾想居然买到了。然后，他把买到的散文集拿给我看，说自己正在拜读。

我很汗颜，说："那都是些高中时的涂鸦之作，不读也罢。"

知道我喜欢吃脆皮雪糕，他专门去买了好多放在冰箱里，每次课后都会变出一支说："来，老师吃根雪糕。"

然后，每次借送我下楼坐车的机会，跟我大侃游戏招式，嘱托我切记切记一定要玩《穿越火线》，网名都跟我想好了，就叫"囧感超人"。

他拿出些收集的剪报让我帮忙打出来，包括他的那篇散文处女作，说要发布在QQ空间里，已经通告七大姑八大姨，届时都要去观摩观摩。

我最乐意看到的，是他的成绩很给面子地有了提高。

他说："以前中考语文只要能过八十分就满足了。"

我说："要有信心，九十分为理想，一百分为梦想。"

最近一次月考，他语文得了八十多分，算是"深孚众望"——这也是我跟他强调过的成语之一。

二十

马上就临近中考了，今天是家教的最后一课了。

这节课，我对以前讲的知识点做了简要的归纳概括，强调了一些要注意的事项，然后就是一些“要细心，要认真，杜绝马虎，送分题不要无谓丢分”之类的屁话。这些鬼都晓得，不过这样说的时候我是底气十足的，因为我肯定良丞会为我们交上一份满意的答卷。我有这个自信。

从良丞黑亮的眼眸中，我看到了笃定与坚信，而不是第一次见面时，那种怯怯的不自信。

这学期的课亦都陆陆续续地结束了，说句实话，我并不清楚我学到了什么，不过文科这东西就是好，可以不懂装懂，只要在考前临时亲亲老佛爷的脚即可。

阿发和蟾蜍还是一如既往地潇洒，一样地快意人生。老周的家教兼职还在继续，每次辅导前都会很认真地备课。

六月十八日晚，中考前夕，良丞打来电话，说："张老师，我把你的散文集最后一篇看完了。明天就要踏上中考的战场了，我怎么一点儿都感觉不到紧张啊，是不是我大脑烧坏了？"

我说："不紧张好啊，只要明天别睡过头了就可以了。呵呵。"然后就是长时间的安静。

良丞突然说："张老师，你说我明天语文能考好吗？"

我说："我发誓你明天可以超过九十分。"

良丞笑笑说："谢谢你，张老师。考完了我过来找你玩儿，请你吃麦当劳。"然后电话就挂断了。

六月二十一日，良丞过来找我。

见到他的时候，看到一种如释重负的洒脱，我例行公事地说："怎么样良丞，考得还行吧。"

良丞点点头说："张老师，你放心。这次怎么也能上个市重点。"

良丞兑现了他的承诺，我们去麦当劳撮了一顿。然后我们去江滩玩，去花鸟市场买仓鼠和巴西龟，去江汉路闲逛。

我们返回时，夜幕已经降临，华灯璀璨，霓虹灯闪烁着炫目的五彩光芒。他送我到解放公园坐车。

这是最后的狂欢。临行前，他告诉我，暑假过后，他将要去北京念高中。

我一怔，笑一笑，说："那祝你在那边天天开心，我会想你的。”

然后他爆笑说：“老师你太会煽情了啊！”

这是我的第一份家教兼职，算是一次成功的尝试吧，我给自己打九十分。

写良丞前，我告诉他说我在写一部小说，小说里我会写到他。

他很兴奋说：“老师，你怎么写我啊？”

我说：“我会把你写成‘动感囧人’。”

他就大笑着重复道：“动感囧人，动感囧人多好的名字啊，是不是？”

他又一本正经地说：“那老师小说出版后一定送我一本啊。”

我说：“好啊好啊，送你一本，还给你签名。”

也许，我以后都不会再做家教兼职了，我想我已尝到它的滋味了。我从来都是一个浅尝辄止的人。写良丞仅仅是为了纪念，这个在我心之窗棂上轻轻叩过的孩子。

我对于大一下学期的所有记忆，甜甜的，轻轻的，都被一个叫魏良丞的孩子占满了。

我才知道原来自己是一个如此感性的人。

期末考试皆是过眼云烟，一门一门次第考过却全然没有感觉。考完后寝室兄弟几个聚于学校南门的松滋鸡馆，饱食了一顿蓄意已久的松滋鸡火锅。次日，各自归家过暑假去也。

七月的一天，正在家和小表弟玩，手机响，是短信，一个陌生号码。

我打开短信，上面写：

“张老师，我是魏良丞，我现在已经在北京了。中考成绩揭晓了，我超过了省重点录取线，语文得了九十六分。谢谢你，我会想你的！”

我笑笑，回复道：

“孺子可教。良丞终于把老师煽情的本领都学到了，现在老师已经别无可教，另请高明吧！”

二十一

暑假一晃就过了，火车上颠簸了几个小时，我来到了学校。

打开寝室门，伴随着几只蜗居老鼠的尖叫，眼前的情景触目惊心：鞋子飞上衣架，饭碗滚落在地，墙角一大堆花样繁多的垃圾，理所当然地成为老鼠的“根据地”，挂钟上一只破袜子耷拉着，很有点毕加索的抽象主义色彩。

强忍着胃里翻江倒海的痉挛，在花了一个小时收拾整理，取消了老鼠移民资格后，我将敷在自己鼻前已成暗灰色的手巾取下，舒畅地呼了一口气。

看看表，六点四十分，该吃晚饭了。

食堂开放了，这时也就只剩零零散散几个人了，我迅速打饭吃饭，一气呵成。

吃罢，来到网吧。这时的网吧正是一片门庭若市的大好气象，好容易占到一个位子，打开QQ，蹦出了蟾蜍的留言：

小虎，暑假新觅女友一枚，靓丽可爱，小鸟依人，不胜愉悦之至。苦心人，天不负，不成功，便成仁。

看毕，不觉失笑，遂复一帖：

取义成仁今日事，人间遍开自由花。

等着庆祝你的第五十次失恋！

发完消息，无聊至极，于是进入《穿越火线》。在几战皆所向披靡，抱着一种谁与争锋的姿态准备下线时，闯入一个不速之客。我心想：把你一并收拾了，再下也不迟。

这个“敌人”有点狡猾，不停地与我周旋。

我急了，一句“有种就出来单挑啊”还没喊出声，只觉不对劲，一转身，嘭的一声，肝脑涂地——我居然被爆头，这是史无前例的呀，奇耻大辱！不行，我得以牙还牙。

我的斗志燃烧到了极点，此仇不报誓不为人！在狭窄的巷道里，我小心翼翼地搜寻着蛛丝马迹。

奇怪的是，对方似乎知道我的方位，每次快要抵达时就遁避了，而又时时如影随形，如有神助。高人！我暗呼。

正郁闷不已，一扭头，旁边一个小女生，也聚精会神打着《穿越火线》。哈，稀有动物啊，这年头，这种性别倾向很严重的游戏，非男性同胞委实不多了啊！看着看着，不对呀，我们好像是在同一地段！不错，就是她。哈，难怪方才她频频地“慰问”我这边呢！

这下我心里有底了，便以其人之道还治其人之身，频频光顾她的地盘。这次可谓占尽上风，在一条巷道的尽头，我逮住机会，实现了我的复仇计划。在被我精确爆头后，她叫了起来。

“唉。气死我了！”

“哈哈，不打自招了吧！想赢我，没那么容易！”

“哼！赢一局就了不起啦，拽什么拽。有种再打几盘，小样儿我就不信赢不了你！”

“好哇，乐意奉陪！”

摸清了她的底细，就无所畏惧了。接下来的几盘，我势若破竹，连战告捷。自知实力不济，她不得不宣布比赛结束，我心满意足酣畅淋漓地出了口气。

“本小姐今天状态不佳，今天到此为止。有空再来领教！”小女生爱面子，至死不肯认输。

“定当奉陪！”我说。

二十二

开学了。

老周、阿发也陆续来了，冷清了两个月的寝室又恢复了往日的喧闹。

“蟾蜍怎么还没来，明天就正式开课了。”老周说。

“哎，估计是上次失恋给他打击太大，怕睹物伤情！”阿发煞有介事地分析。

“有道理。”老周叹服。

“狗屁道理。”我说，“据我所知，蟾蜍暑假又移情别恋，另结新欢了。”

“谁？姓甚名谁？何方人士？”阿发的窥私欲极度膨胀可见一斑。

“同村，芳名小芳。”我也是故作高明地妄加揣测。

正说着，门嘭的一声被踢开了，蟾蜍拎着一大袋东西呼哧呼哧挪了进来。

“哎呀，说蟾蜍蟾蜍到。”老周说。一句约定俗成的谚语之所以做如是改动，客观上讲，是为了满足蟾蜍的价值观。

蟾蜍年纪轻轻却志气如虹，常常有“××算什么，还不如我大脚趾上的一根毛”之类的慷慨陈词。据我所知，由于一次治脚气用药不慎，自此蟾蜍一双大脚寸草不生。

“发喜糖啊！”看到蟾蜍从包里大把大把抓糖，阿发叫道。

“喜糖？”蟾蜍懵了。

“什么时候把小芳介绍我认识一下啊！”阿发继续启发。

“小芳？谁是小芳？”蟾蜍愣了愣，顿悟。“你们这是听谁瞎掰的？”

“我先闪啊！”我几欲先走。

但见蟾蜍一个闪身，追出门外，鬼鬼祟祟拉我到一僻静处。

“干吗？”我颤声问道。以我的直觉，蟾蜍会反剪我的双手施暴，同时以港台片中警察对待犯人的口吻说：“你有权保持缄默，但是你发出的每一声叫唤都可能诱发我更猛烈的打击。”

“是你杜撰的吧？”蟾蜍面有愠色。

“开个玩笑而已。”我叫苦不迭。

“开玩笑，这种事情能开玩笑吗？你这是侵犯人家姓名权(好像没听说过啊)，小芳，听听，多俗啊！怎么能这样恶意毁谤呢！

人家名叫赵金花，多好听的名字，多有朝气，完全不是一个档次嘛！”蟾蜍义愤填膺。

“是啊，果然不同凡响。”我强忍着没吐。

二十三

蟾蜍这段时间很不爽，真的很不爽，不爽到了极点。看到别人一对一对地缠绵，空有眼红的份儿。想到自己这样一个堂堂七尺须眉，竟落得形影相吊的境地，内心极度不平衡的同时不由得慨叹世风日下，人心不古。

“拽什么拽，比起我来还忒嫩了点！”

看蟾蜍如此落魄，不由心生同情。

“兄弟振作一点啊，你不还有貌美如花的花花嘛！”我说完在心里对那个形容词默哀两秒钟，顺便说声对不起。

“怎奈远水解不了近渴啊！”蟾蜍说完，硬是拉我打《穿越火线》。

走进网吧，找个空位坐下。

想起还有堆成比萨斜塔的作业未做却要给蟾蜍殉葬，我无可奈何地笑笑——谁让我有一个嗜好蔑视民意的兄弟呢！

“嗨！”一个清脆的女声从旁边传了过来。

是在叫我吗？

是她。上次和我对阵的女孩。

“哈，怎么不通知我一个人跑来了，是不是怕被我打得落花流水啊，呵呵！”她笑得一脸狡黠。两个小酒窝煞是可爱。

“答对了，所以呢，今天我请了位和你一个档次的高手与你过招。”我暗叹自己的双关语说得空前绝后。

“喏，就是那位帅哥。”

我朝蟾蜍方向努努嘴。

听到“帅哥”，蟾蜍条件反射地回过头来。

顺便说一下，蟾蜍这同志一向是很懂得自我肯定的，常常自鸣得意地称自己是“薛蟠再世”“二十一世纪帅哥标准模板”“帅哥终结者”（在此不一一枚举）。说句实话，他的整体特征还是吻合黄金分割的，除了眼睛不够大，鼻子有点塌，嘴巴有些凹，牙齿以门牙为中心成不规则分布，一对大耳朵呼呼生风，蔚为壮观以外。

闲言少叙。话说蟾蜍听到“帅哥”二字后，在零点二秒的反应时间内以一个优美的一百八十度平甩头瞟向这边。不幸的是女孩的目光来回巡视了几遍都未把蟾蜍列入嫌疑范围，搞得可怜的蟾蜍一脸郁闷。

当我不得不用比较实际的局部描摹指出就是那位龅牙同志时，她才最终将目光锁定到蟾蜍身上，然后蟾蜍马上笑得花枝招展，两颗大门牙熠熠生辉。

不料，还未待蟾蜍的撒手锏“一笑倾城魅力杀”发挥到极致，她就停止了目光的施舍。

“就是长得有点意外。这年头，谁都以为自己是木村拓哉。”

“小声点，他自尊心很强的。”我善意提醒。难以想象，如果这话被蟾蜍听到，他肯定会说是我诋毁了他的光辉形象，把我活活掐死。

然后，女孩每次都被爆头，估计是蟾蜍因为女孩未能及时定位他这个“超级大帅哥”而实施的罪恶报复。

“哼，一点都不懂得怜香惜玉。”女孩嘀咕着。看得出来，她似乎再无耐心对峙下去。

果不其然，她一气退出了游戏，下机。

“好了，我要走了。下次记得叫我哦！”言罢便作势要走，刚走两步，又回过头来。

“不好意思，忘了给你联系方式。”

说着打开背包，拿出一个笔记本，掏出一只精致的小熊笔，唰唰地写下：

奶茶十三级外语系六班手机号×××××××××××

呵，一个年级的啊！

写完撕下纸笺递给我。

“记得叫我哦！”

然后一路轻舞飞扬着出去了。

蟾蜍坐在靠近门口的位置，正沉浸在方才的所向披靡之中，眼见女孩走了过来，连忙调校状态摆出一个被他命名为“超级宇宙魅力必杀”的姿式。不幸的是她并未留意径直过去了。这无疑又是对蟾蜍幼小心灵的一次重创。蟾蜍投入全部内力以期在最后时刻一锤定音，俘获芳心的阴谋宣告流产。

蟾蜍发誓再不进网吧，以此为自己正名。

二十四

一晃又是两个星期过去了。这两个星期基本上也是在浑浑噩噩中度过的。大学生活的空虚，使得类似于打扑克牌这类游戏顺理成章在各寝室风行。

男生寝室都开辟四人间，估计学校也是用心良苦为避免“三缺一”的不幸局面而进行的优化组合。

我们当然不能浪费学校的苦心，于是一边是学得天昏地暗，一边是玩得废寝忘食，更引来大队人马作壁上观跃跃欲试。

对于打牌，蟾蜍是颇有心得的，并常常现身说法，阐述打牌讲究别出心裁不拘一格剑走偏锋出其不意，我们连称牛×。然后通常我们仨一气出完了，蟾蜍手里还有一大堆被拆得散了架的零牌。

阿发打牌惯使投机钻营的卑鄙伎俩，典型的取巧者，曾经创造了从3到A一气出完的纪录，后经检查，发现有两张4，两张9和两张Q。

老周则刚好相反，忠实地秉承了中国朴素主义牌风，是最最令人放心的。他的秘诀据称是深思熟虑，所以一般上手出牌后会有一段自由活动的时间。这段时间可以选择抽根烟，烧壶茶，或是看半集韩剧。然后在感动得一塌糊涂的时候听到老周的掷牌声，于是又纷纷揉着眼睛揩着鼻涕分析老周的出牌。

而我，则比较中性，该老实出牌时就务实，能投机取巧时也决不手软。

一转眼，中秋将至。

中秋前夕，我们各抒已见，商议中秋怎样过。确切地讲应该是讨论月饼由谁买单。后来大家一致通过由蟾蜍“负责采购”，为此罗列罪状如下：

本周蟾蜍估计一星期未洗脚，对室内空气造成了毁灭性污染，严重威胁到其他室友的生命安全。今特宽大处理，给予机会戴罪立功，负“饼”请罪，以儆效尤。

蟾蜍不干了，抗议说有失偏颇，指出之所以未洗脚是由于穿错老周的拖鞋，感染脚气，正在敷药消毒，声称自己也是受害者。老周俨然成了罪魁祸首。

老周当然不想成为替罪羔羊，任人鱼肉，提议说打十圈牌，谁输得最多谁去。大家一致赞成，蟾蜍连呼“民主”以示拥护。

半小时后……

蟾蜍拎着一袋月饼气喘吁吁地上来了。

“冤家路窄呀！”

“咋了？被宰了？”我问。

“不是，方才遇到上次和我打《穿越火线》的那个女生了！”

“哈哈，你还记得她呀？”我打趣道。

“记得，化成灰都记得！”从他的措辞中我们不难解析出蟾蜍有多受伤。

然后我们“大快朵颐”，并不理会他。

中秋如约而至。

当真是“独在异乡为异客，每逢佳节倍思亲”，望着天上那轮皎月，怀想以前在家和父母一起过中秋，其乐融融，如今背井离乡，孑然一身，不免感伤。

到公话超市给爸妈打了电话，问候中秋快乐。

挂了电话，走到图书馆门前的湖边，看到一对对的神仙眷侣相拥着，卿卿我我，赏着圆月，说着喁喁情话，不由得有些许歆羡。

正暗自思忖，眼见一对恋人走过来，那男的声音似曾相识。定睛一看，哈，正是阿发那小子！

为了避免打扰雅兴，我抽身走开。

回到寝室，只有老周在。

“蟾蜍没回？”我问。

“他呀，又泡美眉去了。”老周头也没抬，正在钻研一本书。我瞟了眼书名——《怎样让自己更有魅力》。

二十五

接下来的一个星期，阿发完全陶醉在爱情的甜蜜之中，旷课次数随之飙升。准确地说，他是牺牲了发展兴趣爱好的时间去填补爱的陷阱。

而蟾蜍，也正处于爱情攻坚战的穷追猛打阶段。他说日前算过命，算命先生说他这几个月命犯桃花。

至于老周，依旧是潜心研读“魅力宝典”，厚厚一大本已读了约三分之二，看来马上就能转入实践阶段了。

这天，阿发兴高采烈一路跑回寝室。

“捡钱了？”这是我的第一反应。

“我泡到一个大一美眉，她答应做我的女朋友了！”

看来阿发精心策划的“地下活动”卓有成效。

“兄弟前赴后继也！”蟾蜍信誓旦旦。

“革命尚未成功，同志仍需努力！”阿发意味深长。

然后他们握手，拥抱。

我看了眼老周，此刻仍聚精会神潜心研读，时而做略有所思状。

几个家伙都发情了，搞得我也蠢蠢欲动。

我打开抽屉，从书中翻出那片被我小心保存的素净纸笺，上面的笔迹娟秀，依稀残留淡淡的芬芳。

奶茶，嗬，可爱的称呼。

然后我突然有种想和她聊天的冲动，但似乎又有些师出无名。僵持了数秒钟之后，理智做了让步，我给奶茶打去了电话。

当听到话筒那端清脆的接听声时，我佯装的镇定立马四面楚歌。

在我语无伦次的说明下，奶茶费了好大气力才弄清我即是那个游戏场上的厉害青年。

“哦，是你呀，什么事啊？该不会是约我打游戏吧？”

“啊，是，是这样，我，我想……”

“什么啊？”

“我想请你吃饭！”我放下矜持鼓起勇气，手却不住地颤抖。

“呵呵，那我就恭敬不如从命了！”

擦，有没有搞错，这么容易！美女你就不端下架子呀？我心想，兴奋得跳了起来。

约好六点在教工食堂见面，一看表，还有半个小时。

我利用二十分钟的时间进行了诸如照镜子、整理头发衣服、打啫喱水等男女约会前的例行公事，然后提前十分钟去食堂。对于约会的男女生而言，一般是男生先到，而女生要表现得稍微矜持一点儿，所以通常会稍晚些到。而且据说男生的等待时间一般与女方靓丽与否以及靓丽程度成正相关，因为女生很有点儿明星耍大牌的味道。

我祈祷但愿奶茶不要让我等到胡子白了。

正想着，走过来一个粉红色吊带背心的女孩：

“这位同学，请问教工食堂怎么走？”

“哦，这就是……”还没说完，突然觉着不对劲。抬头一看，嗬，不就是奶茶吗！

“呵呵……”奶茶狡黠地笑着。

“不好意思噢。”我尴尬地笑笑。

说实话，这还是我第一次跟女生同桌共餐。

我细心打量着她。大大的眼睛，翘翘的鼻子，小巧的嘴巴，一笑就现出的浅浅的酒窝，再加上平整的学生头，感觉就像是日本卡通里的女孩儿。

“怎么不说话？是不是被女朋友甩了？呵呵……”奶茶抿嘴笑着。

我这才体察到自己的失态，不好意思地笑笑。

“你平常都有哪些爱好？”我问。

这是我从阿发那里学到的，阿发说初次见面这样问，一来可以打开话匣，避免无话可说的尴尬与拘谨，二来可以明白日后的公关项目，有的放矢，避重就轻。

“也就是弹琴画画，偶尔写点儿小诗什么的。”

我在心底折服得一塌糊涂。

“平时都喜欢什么体育运动？”我继续实施阿发口授秘诀的第二步。

“运动嘛就多了，像乒乓、篮球、羽毛球都还比较喜欢。”

在乒乓和羽毛球的领域我尚有较大的发展空间，至于篮球，以我的身高，一般来说想有所突破比较困难。

吃完饭已是华灯初上，分手时看朦胧灯光下奶茶的背影就像一只翩翩起舞的蝴蝶。

二十六

下午没课，一直睡到四点，总算把前几天因催交作业而深夜鏖战亏欠的瞌睡补了个饱。

走在操场上，我睡眼惺忪，暂时还未完全清醒过来。

篮球场上女生尖叫连连。我循声望去，只见一个帅哥正在表演扣篮，大有“猛男者舍我其谁”的气势，我思忖着若把篮筐降低五分米，他就不用那么吃力了。

“啪！”一个乒乓球径直撞在了我脸上，这次弹性碰撞恰到好处地把我另一半的睡意撞飞到九霄云外。

一秒钟前我还准备动员我的唾沫诠释激愤，一秒钟后却急忙把满嘴全副武装箭在弦上蓄势待发的污言秽语生吞了下去——肇事者正是奶茶。

千钧一发啊。

奶茶这时也发现那个倒霉蛋就是我，笑着说：

“唉，真是冤家路窄呀！”

“是呀，有‘冤’无处不相逢啊！”我揶揄道。

“什么啊，我才冤呢！昨晚被该死的‘湖农’咬了，害得我一夜没睡好！喏！”奶茶埋怨道，伸出的雪藕似的左臂上果然有两个明显的小红点。

记得刚来学校时，就听师哥师姐们讲，本校有一个人民公害，名唤“湖农”。以被叮咬者患处奇痒著称，在校内肆无忌惮、横冲直撞、神出鬼没，一度引起全校师生的恐慌，曾有过全校规模的剿灭史。但这厮生产力强，繁殖力旺盛，故而屡戮不止。一年下来，那蚊帐扎得真是天衣无缝、无隙可入，更有甚者索性写了“请勿吻我”几个大字悬于床头，一时传为笑谈。

然后我立马作同仇敌忾状，信誓旦旦要为剿灭“湖农”贡献一己之力。

“哦，你男朋友？嘿嘿，搞地下工作啊？”

“不是啦！你再瞎说……”说着奶茶去挠那女生痒痒，两人顿时笑作 处。

“你们慢慢聊啊，我就不做灯泡，先行回避啦！”

那女生笑着跑开了。

“哼！净胡说……”奶茶嗔怒道，旋即又不好意思地笑，像朵水莲，淡雅而芬芳，静谧又不容亵渎。

“你同学？”我笑问。说句实话，我对她的第一印象委实不错，大概与她将我拔擢到“奶茶男朋友”的位置上不无关系。

“噢，我们班学习委员。”奶茶道，“会打乒乓吗？打会儿球吧！”

“不会。”

看得出来奶茶有些吃惊。

“也没什么好奇怪的啦。所谓‘术业有专攻’，我擅长于打游戏，不一定就非得会打乒乓啊。就如乔丹也未必擅长足球一个道理。”我聊以自慰，“不过如果你答应做我女朋友，我会考虑学打乒乓的。”

话一说完，突然觉得有种油嘴滑舌的唐突与冒失。真正印证了“近墨者黑”这句格言，天天跟蟾蜍、阿发这种人渣厮混，想不染也难啊！

我惴惴揣测着奶茶的反应——该不会一脚把我踢飞吧……

两秒钟后，发现自己还没消失，庆幸自己终于没被踢飞。奶茶终究不是韩国电影中那种有暴力倾向的女生。

奶茶没说话，径自往前走着，突然转过身来，笑得一脸灿烂：

“给你一个月的时间，乒乓球赢得了我，就答应做你女朋友！”

然后蹦跳着去了。

二十七

当晚，寝室开展了关于如何搞定奶茶的大讨论。

诸位前辈用举事例、打比方诸般手段论证各自观点，直侃得天昏地暗、日月无光。蟾蜍甚至现身说法，结合个人经验阐述“以退为进”的重要性，并冠之以“置之死地而后生”之名。然而，我仍然无法从一堆袭面而来、蔚为大观的唾沫中解析出任何有价值的东西。末了，不得不用四个字为高人们的精辟论断做了总结：“一堆废话。”

刚才还滔滔不绝口若悬河的几位便默不作声了。

还是阿发仗义，沉默片刻，见我愁云惨淡，发话了：“唉，兄弟有难，俺焉能不拔刀相助呢！这样吧，凭我多年修炼的雄厚功底，明天出马帮你探探她的功力，然后给你点拨一二大事可成矣。”

“你会打乒乓球？”我置疑地上下打量起他，印象中阿发除了会八卦好像没什么特长，与乒乓似乎就更是绝缘了。

“小意思，想当年咱还是乒乓冠军呢！”

我一个箭步跃上前去，攥住阿发的手。

“真人不露相啊！兄弟的婚姻大事就全靠你了！”

“什么是兄弟，兄弟是把个人生死置之度外，甘为兄弟赴汤蹈火，即使粉身碎骨在所不辞……”

阿发又借题发挥把自己的人生境界上升到一个新的高度，一席话说下来居然不做一秒的停顿，感觉像在背台词。

后来，我怎么想怎么觉得阿发后来的麦城败走与这段话有着直接联系。

次日周六，在阿发的怂恿下，一大早，我就拨通了奶茶的电话，底气十足的邀约奶茶“赴会”。

十分钟后，乒乓台旁。

“恭候已久了啊！”我一副胸有成竹胜券在握的样子，口气俨然港台片里的老大。“介绍一下，这是我兄弟阿发，也是我未来的师父，想借此机会与你打场友谊赛，顺便切磋一下。”

奶茶挑衅地把阿发从上到下打量了一番。

“我是用左手，还是右手？”阿发的话为我挣足了面子。

“不必了，就用脚吧！”奶茶戏谑道。

偷鸡不成蚀把米。一句话说得阿发甚为窘迫，方觉适才造次。

一开始我以为阿发是不在状态，抑或是心不在焉，又或者是受到方才刺激正在运功疗伤，反正那球打得是超级烂。客观上来说很有点儿中国足球的境界。但想想当时阿发掷地有声的表态，就立马平静了。

不幸的是，后来的发展似乎并不按我意想中的轨迹进行。直到第四局，阿发仍然无法扭转颓势。这场球绝对是速战速决的经典。正常情况下，阿发的回球不是忽然移情别恋莅临旁边的球台，就是直接与球网亲密接触，再就是像加满核燃料的火箭直往球台外飙，落点一般在三米开外。整个一个职业运动员与业余爱好者的差距。

第一局，11：0

第二局，11：2

第三局，11：3

第四局，11：0

阿发完败。

铩羽的阿发一言不发，静静地放下球拍。

“唉，最近比较烦……”说完，阿发拍拍我的肩，像荧幕上那些医术不甚精湛，浪费完手术台上病人生命的最后时限后，佯装颇有医德的样子，对悲痛欲绝的病人家属说些自圆其说的话的医师一样说：“我已经尽力了，节哀顺变吧！”

对比阿发的一脸颓唐，奶茶笑得无比狡黠，我则在心里暗暗地把对奶茶的爱慕画上了句号。

二十八

中午，教工食堂。

阿发手攥一根鸡腿，泄愤一般地大嚼，咀嚼、吞咽之声连绵不绝，满嘴的鸡肉、鸡筋随着他上下颌的机械运动剧烈地痉挛着。

一双双目光带着质疑、惊叹或是其他成分从四面八方汹涌而来，汇集成以阿发为圆心的一个圆。

阿发表现得相当有定力，依然一言不发埋头大嚼。

对面桌上两个女生的窃语隐约可闻："那家伙是大一的吧……"

回到寝室我劈头便问："你不是自诩天下无敌吗？你这一败，我的爱情可一道做你的殉葬品了！"

"我哪知道她那么厉害哩！"阿发一脸无辜。

"你不是得过冠军吗？"

"这我可没骗你，小学我还真得过乒乓冠军。当时报名就仨，另外两人比赛前一人腹泻，一人发烧，所以我就是冠军啦！”

我一口气上不来，差点栽倒。

从这次事件中我真正体会到了交友不慎的可怕，这种恐惧在很长一段时间内一直挥之不去。

不过，看来我是多虑了。翌日，我就接到了奶茶的慰问电话。伊先是极力抚慰一番，然后承诺再给我一次机会。我说，就他那水准估计再给一万次机会都没戏，除非你弃权。

最后，讨论双方取得了实质性的进展，在奶茶破例收我为徒的协议上达成一致。

所谓“山重水复疑无路，柳暗花明又一村”，想老天待我不薄，总归盼到时来运转的一天了！

随后的几天，我真个是精神抖擞气象万千，干事特积极特勤快。

几个死党都追问我是不是撞上喜事了。

我说：“是啊是啊，我撞上桃花运了。”然后拍拍阿发的肩膀说：“虽败犹荣啊！”

阿发不明就里，暗地炮制舆论，揣测我是在为评选优秀寝室长打前炮。

蟾蜍埋怨，最近几天三更半夜老是被我的笑声惊醒，害他鸡皮疙瘩掉了一地，指责我是把幸福建立在他人的痛苦之上。

老周却固执地认为，这是爱情火焰被浇灭后的回光返照。

我不做评论，只是对阿发倍加呵护，甚至空前绝后地义务替阿发打了一星期开水。

阿发很迷茫，神经兮兮逢人便说，怀疑我这是在制造实施终极报复前“故意亲善”的假象。

二十九

我在高度亢奋的状态中度过了一个星期。

而奶茶终于完成了她的首度造访。

在奶茶莅临的前一天，我花了一个下午将积攒了快半个学期的垃圾清除一空，匪夷所思的是里面居然躺着一只死老鼠。从它头上罩着的一只迷彩色破袜子，不难看出这个可怜的家伙死得多么无辜。

翌日下午奶茶来时依然穿的是那身粉红色的吊带背心，梳着一个翘翘的马尾，不施粉黛，眉宇间却满是不经雕琢的美。

“打扰了！”她走进寝室，更确切说是跳进了寝室。

随后跟进来的风让整个寝室弥漫着一股淡雅的馨香，很有点蓬荜生辉的味道。

蟾蜍满面春风地迎上去：“你好啊！还记得我吧！”

“哦，你不就是那位搔首弄姿的帅哥嘛！幸会幸会！”

虽然“搔首弄姿”这个词并不动听，但尾随其后的“帅哥”显然极大地满足了蟾蜍的虚荣心——被美女叫“帅哥”确乎是件荣幸的事——这大概是所有男性的共性，无论男人或是男孩。

“其实，想看帅哥真的很容易。不信，你拿面镜子好好照照。”奶茶如是说。

说话间，只见蟾蜍满心欢喜，屁颠屁颠跑到拐角处对着镜子横看竖看，很是自我感慨了一番。

接着，他一阵风跑过来，满脸堆笑地等待着奶茶的恭维，怎奈没了下文。不免遗憾，索性诱导启发式地探问道：“然后呢？”

“然后？”奶茶一本正经地说，“然后你再看谁都是帅哥。”

心理上的巨大落差在蟾蜍脸上排列得淋漓尽致。不出意外的话，估计今晚又能听到撕心裂肺的哀号。

我很后悔忘了告诉奶茶蟾蜍的坎坷情史，所以事后亡羊补牢地发表了关于蟾蜍的二三见解：“蟾蜍这个人经历了那么多风云变故，能支撑到今天已经很不容易了。对于他的相貌而言，我们尽量采取避实就虚，乃至南辕北辙的方针。虽说他长得比较意外，但这不是他的错，而且我们并不排除他整容后跻身帅哥行列的可能性……”

奶茶笑言，如果蟾蜍听到自己兄弟这样刻薄，他估计会跳楼。

回到寝室，老周咂巴着嘴，边用力吞唾沫，边追问我：“是怎么骗到手的？”

“这个嘛，很简单。”我说，“只要你认为自己够有魅力就行了！”

然后，老周指责我重色轻友，一副不依不饶死缠烂打的样子，硬是要我现身说法。

无奈之中只得把如何通过《穿越火线》邂逅奶茶，如何凭借精湛的技术让奶茶顶礼膜拜，又如何冷酷到底不为所动之后又如何如何，如此这般添油加醋、绘声绘色地给一脸崇仰的老周戏说了一番。

好一会儿，老周才回过神来。末了，只听他满怀憧憬地自言自语：“明天就去网上寻找我的天使。”

三十

果真，接下来的几天，老周神龙见首不见尾，闭关潜修《穿越火线》。在这方面，我是绝对的权威，于是现炒现卖地兜售了不少的经验。

但这都是有条件的，所以那段时间我的早餐由老周一手包办，而我只用懒洋洋地躺在床上，等待免费的早餐。

老周不知从哪儿弄来一只巴西龟，只有手掌的四分之一大，养在一个遗弃的鱼缸里。

那小龟也忒可怜，因为它可能以短寿而录入吉尼斯世界纪录。

事到如今，如果要我对它的死因做个解释，我只能表示遗憾。毕竟，罪魁祸首是我。

那天要不是我心情太好，那小龟也不会死于非命。

其实，我也只是看它整天缩头缩脑一副恹恹欲睡的样子，想让它晒晒太阳，于是索性把它转移到阳台上。

本来这是好意无可厚非，但估计这家伙阳寿已尽，到晚上我鬼使神差忘了收进去。

第二天一大早打开窗户一看可怜的乌龟已是一动不动，因严重脱水而一命呜呼了！

老周苦心经营着《穿越火线》，也无暇顾及小龟，只是每天定时投放饵料。

当他终于发现鱼缸里面悬浮着厚厚一层饵料，遮天蔽日，才认识到事情的严重性。他从厚密的“屏障”中打捞起乌龟。蟾蜍和阿发凑了上去。

“好像已经翘辫子了！”蟾蜍说。

“是呀，你看，龟头都没了！”阿发如是说。

然后突然意识到什么哈哈大笑起来。

“不是在冬眠吧？”老周猜测。

“这是夏天，大哥。有点常识好不？”阿发提醒。

看得出来，老周对乌龟长寿一说还是深信不疑的，或者说，他暂时还无法接受乌龟神秘仙逝的现实。

所以，笔者怀着沉痛的心情，从人道主义出发，拜托大学生朋友勿养宠物，荼毒生灵。当然，如果你前世是个刽子手或者先天有严重虐待狂，就另当别论了。

老周照例每天给乌龟喂饵，企盼着它冬眠复苏。到第十天，投放的饵料差不多给可怜的乌龟盖了一层被子。

蟾蜍实在是看不下去了，捞起乌龟放在鼻子上嗅了嗅，说：“扔了吧，都臭了。”

“龟儿子的！”老周咆哮一声，抄起乌龟掷出了窗外。

然后就听见楼下吼了一句：“哪个龟孙子扔的！”

三十一

老周最近很受伤，从前的洒脱灰飞烟灭，整日伏案奋笔疾书笔耕不辍。“龟毙”事件的阴霾尚未散尽，迫在眉睫的大学英语四级考试又徒增了些许压力。

自习了一晚上，我很有成就感地凯旋。回到寝室，没有人，看到抽屉里一袋方便面突然条件反射地感到饿。

不知大家注意到没有，我们身边常常有这样的“嗜面一族”，他们通常是家境较宽裕，身边美女如云的男同胞。据说，有位少爷为给女友买一套首饰，吃了整整三个月的方便面，弄得回家时父母都以为是非洲难民造访，差点将其扫地出门。可怜天下父母心，这句话该改改了啊！

闲言少叙。我拿出饭钵放入面块，就去老周那儿倒水。

顺便说一下，我们寝室一般情况下很少有人主动请缨去打水的，如果谁先妥协去打了水，只能表明这个人是四个懒汉里最没有耐心的。老周没有懒到我们那种境界，这是他的不幸。

放水瓶时不小心把放在桌上的书蹭掉在地，一纸素笺飞出。

告　白

如果你是晓春，

鲜花是我的告白。

如果你是炎夏，

细雨是我的告白。

如果你是深秋，

红枫是我的告白。

如果你是寒冬，

飞雪是我的告白。

如果你是天空，

浮云是我的告白。

如果你是大海，

浪花是我的告白。

如果你是松林，

轻风是我的告白。

如果你是小草，

露珠是我的告白。

其实呀，

你，

就是我最为骄傲的告白。

不难看出，老周业已进入爱情潜伏期。

尽管诗歌本身乏善可陈，但老周这种“文盲”级学生能凑出一首诗，确实也不能不令我大为惊骇。

我终于明白老周前几天的顶灯鏖战并非是拜倒在了大学英语四级考试的淫威下，乃是拜倒在某女的石榴裙下。

老周一回寝室，我就威逼利诱他坦白交代。

“交代？交代什么？”老周绝对是顶风作案的不二人选，反侦察能力可见一斑。

看来我得启发启发他了。

当念到第四句，老周终于妥协说，是最近认识了城建学院的一个女生，想发展发展。

“你说，你说我那诗行吗？”末了老周问道。

看来他自己对那诗也没什么信心。

“就凭这，人家还不排队让你挑！”差点表达成人家女生还不排队扔鸡蛋。所以从某种程度上说，这样说多少还是尽了点人道主义的。

三十二

备战大学英语四级考试在整个学校范围内进行得如火如荼，这从莘莘学子行色匆匆的脚步声可见一斑。

眼见大家纷纷被动员起来了，就连平时最散漫的同学也不甘示弱，成天揣本儿四级词汇抑或是模拟试题，当作对自己良心的一点慰藉。尽管自知只是困兽之斗。

阿发也不例外。这个平日里的逍遥王也被四级的枷锁禁锢住了。有意无意随手抄本书说是记单词，结果到自习教室才发现拿的是《两性心理透析》和《明星私生活》。开始不免自责，过一会儿也就心安理得了，索性研读起来。

至于蟾蜍，自习于他更确切说是一种催眠手段，比吃安定还奏效。他能在尽量短的时间内准备好舒适的入睡姿势，然后在杜撰了一个浪漫怡情的美梦后心满意足地醒来，拿出随身携带的“心相印”将书页上那一摊梦的分泌物惬意地揩拭而去。瞅瞅没人发现，便一本正经合上书走人。

老周则是比较脚踏实地的，也是我们寝室最有希望过级的。每天除了练听力就是做模拟题，就连持续给心仪女孩写情诗的计划也就此搁浅。种种迹象表明，老周是不过四级誓不休的。

对于我而言，英语这门课相对来说还是比较拿得出手的，爱屋及乌的缘故，偶尔有事没事拿本外语资料狂啃，期望会有一次通过的惊喜。

遭遇疑难问题时，奶茶确是一个不可多得的好帮手。奶茶属于那种“好为人师”的类型，所以讲起题来也条理分明，逻辑清晰。

她是那种善于将复杂句型肢解成单一结构的人，于是三下五除二如此这般后我便醍醐灌顶，茅塞顿开。她便会俏皮地轻拍我的头说：“金石可镂。”

近水楼台先得月，向阳花木易为春。

外语学院的女生之所以畅销（好像有买卖人口的嫌疑？外语学院的女生不要向我扔鸡蛋啊，一人一个我就被活埋了……好吧好吧，笔者郑重声明——将“畅销”改为“倍受青睐”，行了吧）估计与这不无关系。

据传，上届过级师兄百分之八十以上都找的外语系女友。校方已将之纳入课题作为个案进行研究了，如若个中猜想得以证实，估计外语系女生个个成抢手货（无意冒犯口误口误……大姐高抬贵手刀下留人啊……）。

三十三

大学英语四级的车轮轰隆隆轧过，绝尘而去。

考毕，顿觉轻松不少。

只听蟾蜍叫了声："走啊，兄弟们下馆子去啊，我请客！"

于是我们浩浩荡荡尾随而去。

蟾蜍点了个牛肉火锅，让我们看着点。我们就很识相地"看着点"，龙虾、炸鸡翅、啤酒鸭、鲢鱼汤……菜单自上而下点将过来，大有气吞山河的气势，反正不用自己掏钱。我们乐此不疲地点啊点，搞得蟾蜍在一旁脑门儿直冒汗：

"我说，这个同志们啊，不能忘了艰苦朴素的优良传统啊……囿于财力，还请同志们量力而行啊！"

不料刚说出口，就被一阵咽唾沫声淹没了。

我们边表示理解，边滴着斗大的唾沫珠子，发扬了一下艰苦朴素，最后要了一扎啤酒。服务生用几近置疑的眼神狠狠地看着我们。

热腾腾的火锅在饥肠辘辘的时候姗姗来迟，我们立马抄起筷子，斜着眼睛在氤氲中从各个可能的角度打捞肉片。

火锅里的牛肉在这群虎狼之师的狼吞虎咽中消失殆尽。

吃完牛肉的我们一瓶一瓶喝啤酒。

桌子上瓶子横七竖八，杯盏狼藉。

蟾蜍已喝了六瓶，还在一口一口地灌。我们知道他抑郁已久，女友的背弃，成绩的红灯高挂，早已在他内心留下了难以愈合的伤痕。借此机会正好发泄一番，所以我们也未加劝止，只是一个劲地陪他大口大口地喝。

蟾蜍一脸苦笑说："大学啊大学啊，初来大学时觉得一切都是新的。现在呢，觉得大学真是个垃圾收容所。那些自以为是的大学生整天昂着高傲的头颅，带着无限的优越感，穿梭在自己设想的金光大道上，对什么都不屑一顾。其实呢，都是一文不值！"

蟾蜍又说，其实自己很有理想很有抱负，很早就有一个理想——做一名经济学家。但现实中的那些大学老师除了整天照本宣科外，研究的只是如何使自己的薪水更高，如何更快跻身教授之列，一年下来一无所获，整日无所事事，拈花惹草，游手好闲。有时想想自己，大把花着父母从牙缝里挤出来的钱，却不学无术，真是问心有愧。

蟾蜍说着说着就哭了，我们心里挺不是滋味，五味杂陈。

蟾蜍还在一个劲地喝，突然哇的一声吐了一地，就不省人事了。

我们只好自己凑钱付了餐费。回到寝室已半夜十二点了，我们将蟾蜍安置好，简单洗了下，就上床睡觉了。

一夜无话。

是啊，正如蟾蜍所说，当父母省吃俭用为我们结存沉甸甸的学费，望眼欲穿地祈盼子女们能学有所成时，我们究竟在干些什么？

我不愿再想，却又想了一个晚上。

三十四

叮叮……

清脆的闹钟硬生生将我从梦中揪了出来，我一屁股坐起来。完了，日过三竿了，再看看那三位主儿，睡得跟死猪一样，鼾声一个赛一个响。

我边以最快的速度往衣服里钻边喊："同志们迟到了！"

蟾蜍半睁着眼问："赶集呀你？"

"老师点名，可别说我没叫你们啊？"我正色道。

"今天星期六上什么课呀！别吵了，我要困觉呢！"阿发梦呓般地说。

哦，今天周六。

"不好意思你们接着睡往死里睡啊！我一人赔一个春梦！"我歉意地笑说。

刚说完一个激灵，星期天是奶茶生日，那不就是明天吗！天哪，还没准备礼物呢！

我一骨碌爬起来，早餐都顾不上吃，去为奶茶物色礼物。

搜索了半天，看着琳琅满目的小礼品硬是不知道锁定哪个。正在一筹莫展之时，一个银光闪闪的乒乓球模型的小手链钻入眼帘，看看定价，五十八块，暗自盘算一下，吃一星期方便面的代价。

“好了，就是它了！”我打断营业员喋喋不休的介绍。

营业员收回舌头做出一个周到的微笑，拿出一个精美的小礼盒，小心翼翼地将其包装得精美得体。

付了款，走出礼品店，看看表，呵，十二点半了，方觉腹中“羞涩”。

来到楼下超市，一口气买了一打方便面。

“这一星期全仰仗你们关照了啊。”我提着面，自言自语道。

回到寝室，吃着方便面，居然有种前所未有的甜蜜滋味。原来，味蕾偶尔也会被误导！

三十五

星期天，破天荒起了个早，仨仁兄照旧睡得死猪一般。我兀自下了床。

洗漱完毕，六点四十。

来到公话超市，给奶茶挂了电话。

“十分钟后，女生楼下。”

“什么事儿？”

呵，试探我了。

“老周今天生日，一起去为他过生日。”我故意说。

“他也……今天生日？”奶茶的质疑带着明显的提示。

“他妈定的，怪不得他啊！”我无动于衷。

奶茶又旁敲侧击了半天，我佯装不知。

后来奶茶终于沉不住气了，嚷道：“你到底记不记得我今天生日嘛！”

就在奶茶一脸委屈地转过身来的那一刹那，我将精致的礼品盒迎在她眼前。

奶茶明显愣了一下，随即欣喜地捧过礼盒，小心翼翼地拆开。

“本来，我是想考验一下你对我的爱是建筑在真心上，还是建筑在物质上。看来，哼哼……”我一脸坏笑。

（接下来的场景略带暴力，不提）

挨了一顿老拳后，我和奶茶并肩走在林荫道上。看得出来，奶茶对我的小心意还是相当满意的，一路爱不释手地把玩着。我如释重负。

如若奶茶知晓为买此礼物我得大公无私地啃一个星期的方便面，一定会感激涕零，哈哈……我得意扬扬地想象着奶茶怎样被我的义举感动得一塌糊涂，然后无限温柔对天发誓“非我不嫁”，搞不好还弄来一只烤全羊犒劳我，那真是意外的收获啊……

这样想着的同时我也这样说了，然后紧张忐忑地等待着奶茶的反应。我甚至想好了我后面的台词应该是：“无所谓，不就吃一星期方便面吗，一年又如何？只恨不能为你披星戴月啊”之类的慷慨陈词。

正当我沉浸在美丽的臆想之中，奶茶冷不丁来了一句：

“一星期怎么够，咱们再去买一箱吧，也好应应急。”

我的大脑一阵眩晕，刚才炮制的美梦被击得支离破碎。原来，男朋友真的是用来虐待的。我想等到吃完那些方便面，基本上这辈子再吃什么都觉得是方便面了。

三十六

期末考试临近了。

考试安排已发了下来，经贸系十四日结束考试。外语系十八日考完。

眼见考试迫在眉睫，寝室别是一番风景。

老周成天抱着英语教材死啃，精益求精地学习。

蟾蜍则一门心思钻研专业课，去年挂了门西方经济学令他至今心有余悸。

阿发这种平日里优哉游哉的同志现在被一堆大大小小五颜六色的教材、参考书、题库围剿。所以说“平时不烧香，临时抱佛脚”的下场是很悲惨的。

我也是不遗余力地温习各门功课，常常寝食难安夜不能寐，用他们的话说就是废寝忘食。

我们的复习方法可以归结为四种不同的战术技巧。老周的战术是“兵来将挡”，蟾蜍的战术是“舍车保帅”，阿发的战术是“大小通吃”，我的战术是“步步为营”。

终日在寝室潜修鲜有成效，经我们一致表决决定去自习教室寻找氛围。

我们班的那群懒汉正平均分布在这些自习教室，做垂死挣扎。

放下书的阿发开始在桌面上游龙走凤，旁边一叠白纸。

我谴责阿发毁坏公物，阿发说：“你不懂这是我的‘撒手锏’。”

原来，阿发写的尽是些常用公式。他衣冠不整，歪歪唧唧立在桌边挑衅地与我对视着。

“你就知道到时坐这儿？”我不解。弄不好这是在义务给别人打工。

“忒容易，大不了把桌子抬过去不就得了！”阿发铿锵有词，语毕马不停蹄，笔耕不辍。

我着实又对阿发长吁短叹了一番——是可为，孰不可为？

举目四顾，周围这群“祖国的未来”正意气风发奋笔疾书，不知鲁迅先生看后又会发出怎样的感慨。

栋梁呵栋梁，画栋雕梁。

于是考试前，便出现了一群呼哧呼哧抬着桌子高呼减负的莘莘学子，蔚为大观。

从长远来看，这从根本上违反了可持续发展的伟大战略，以后的学弟学妹们，大概要斥责师兄师姐们的“今朝有酒今朝醉”了。

想画一幅漫画，一位学子指着面前被涂写得乌七八糟的桌面乞求道：“请给我们留一方净土吧！”

三十七

最近，一名动物科学系女生跳楼自杀的消息在全校范围内传得沸沸扬扬。据说，原因是不堪压力重负。

消息的蔓延也仅限于学校内部。学校对这类事件早已封锁，绝不会让外界听闻半点风声。有人揣测学校的用意，版本百出，以讹传讹。

在我们都为之扼腕嗟叹不已时，老周又借题发挥大发牢骚。鉴于老周目前的处境，我们深表理解。

“如果你有个如花似玉的女朋友，兴许就不会寡然无味了，你看小虎现在多快活！”蟾蜍说。

然后，阿发立马出面拍胸脯担保：今年给老周物色一位佳人。

我忽然想起考四级那时候，老周给那个城建学院女生写的情诗，就问那个女生发展怎样了。

“哎，别提了，人家早就名花有主了！”老周一脸沮丧，叹息一声。

下午第一门考会计学。

提前半小时进了考场，果不其然，极目四望，又不乏争分夺秒奋笔疾书者，实在心悦诚服。

监考老师抱着一摞厚厚的试卷姗姗来迟，说了一大堆诸如“按学号就座，不得夹带，不得交头接耳，左顾右盼”等无关痛痒的话，才不紧不慢发下试卷。

我泛泛浏览了一下，差不多都是老师提示过的重点内容。我都做过重点复习，所以了然于胸。

答到最后一题，看看表，才过了半小时，时间充裕得很。

我瞟了瞟斜对角的蟾蜍，此刻正挠头搔耳。我赶紧将选择题答案抄一份，捏成一团，抛了过去。

蟾蜍一把抓过纸团，眼见监考老师没注意，侧过头来挤挤眼睛，以示感激。

雪中送炭。

不一会儿，最后一题也被照单全收。我长舒了一口气，又从头到尾检查了一遍。

老周也大致做好了，看他的表情应该不成问题。

至于阿发，恰好分到老周旁边，近水楼台，焉有不抄之理？

下课铃响起，皆大欢喜。

三十八

一般来说，一场考试考完，学校会人性化地安排两三天作为休整。所以通常一场考试完结后当天“恶玩”，次日“恶睡”。

当我们一觉醒来，已是翌日十二点。

阿发自告奋勇、毛遂自荐，说帮我们打饭，我们偎在床上半闭着眼睛，梦呓般地表示感激。

直到接过热腾腾的盒饭时，我们还坚信阿发良心发现。当看到阿发碗里一根肥硕的鸡腿，再瞧瞧自己碗里一堆烂菜丁，溢美之词纷纷倒戈相向变成声讨。

转眼间，阿发碗里的鸡腿就被我们瓜分了，可怜的阿发只得就着上次吃剩的榨菜丁，痛苦地吞咽。

所以在此给学生朋友们一个忠告——千万别试图在饮食上表现优越感。这对男生尤其适用。

大学有个好处，就是考前老早就把考场定下了，所以一般而言考前几天我们就会得悉各自考场在哪个教室。这样一来，便有相应人等来对应考场自习，一说是熟悉考场，一说是便于就地作弊。

十三日一晃即至，考统计学。

我们照例是提前半小时进考场坐定。这次是我和老周邻近，蟾蜍阿发坐在另一边，中间隔着一组人，就像是银河隔开织女牛郎，四顾两茫茫。

题目很简单，很快答完了。

下课后，又是一片欢欣气象。阿发说他誊抄的公式悉数用上，蟾蜍也是一路过关斩将一往无前。

经历两场历练，恐惧心理暂且缓解了些。回想起来，感觉题型都是老师三令五申强调过的，而且难度也不大，怀疑是出题老师大发慈悲，有意让我们过个放心年！

尔后的几场考试也都水到渠成波澜不惊。

考完后我们山呼万岁，阿发表示如果这次不挂科，一定去烧香拜佛。

奶茶十八日才考完，本来想陪她考完的，岂料她开玩笑说我在这儿影响她发挥，让我早日打道回府。于是先行一步。

坐了四个多小时的火车，总算到家了。爸妈自是欣喜万分如迎贵宾，做了好多佳肴美味，我一气吃了满满四碗。老妈看得心疼，不住数落老爸给的生活费太少，“看把孩子饿得！”

吃罢倒头就睡，在火车上颠簸了一路也累了。

三十九

阿发和老周翌日亦各自还家。

在家蜗居近半月，闲来无事，翻看旧时相册。

第一帧是高中毕业照，我一眼认出了左上角的自己，眯着眼睛咧着嘴可劲儿笑呢！那时的一张张笑脸还颇为青涩。对比今日的自己，一脸的老气横秋，不禁慨叹时过境迁，物是人非。

以前最要好的那些兄弟，如今天各一方，不知是否别来无恙？

回想起往日逸事，那一幕幕却是如此深刻地镶嵌在脑海里，那段“少年不知愁滋味，为赋新词强说愁”的青葱岁月……

再往后翻，又是更早以前了，回首儿时无忧无虑，有种莫可名状的感伤，真个岁月蹉跎，流年似水。

我又想到了现在。现在之于将来，谓之过去。再过两年，昔日的同窗便要各奔东西。蟾蜍、阿发、老周，这帮荣辱与共的兄弟，到时也终将别离。还有，奶茶，到时，是否也会劳燕分飞？我们小心经营着的爱情，也终将伴着时间灰飞烟灭？

时光荏苒，光阴似箭，转眼已大二了。四年，真的无法用时长度量，对某些人来说，也许太过漫长，然而于我而言，曾不能以一瞬。

我不愿用泪水来祭奠爱情。

表哥来家里做客，好久不见。问他学业，说计算机二级、英语四六级悉数通过，三年拿了四次一等奖学金、两次二等奖学金。我自叹弗如，支吾道："不错不错，比我强多了啊！"

谈着谈着就谈到了爱情。

"毕业是说'分手'的季节，毕业后各安天涯的爱情太多了。"表哥说，"记住，一切随缘。"

是呵，一切随缘。

只是，奶茶，不知我们的缘分，究竟能延续多久？

四十

寒假一晃就过了。

马上又到返校的时候了。

我是二十七日返校的。

抵达车站已将近中午，顾不得吃中饭，转车到校已近两点。

打开寝室门，一股垃圾味扑鼻而来——墙角的那堆垃圾待在寝室过了个年。

我捂住鼻子打开窗户，情况方才有一丝缓解。

放下包，整理好衣物。给家里打电话报平安。

顺便打瓶开水泡面吃。

为了不影响食欲，我勉为其难地把垃圾给清理了。

想想上学期开学也是我清理的垃圾，怀疑这垃圾是不是跟我结上缘了。

一阵忙活之后，终于得偿所愿吃上了泡面。

刚吃进半碗，敲门声顿起，我捧着饭盒应声开门。

如果早知开门的直接后果是葬送午餐的话，我想我会考虑吃完后再开门的。

说时迟那里快，就在开门的一瞬，一道魅影蹿入，不是别人，正是阿发。只听一声清脆的鸣响，我手中的饭盒直接与地面亲吻。

“哎呀呀，小弟一时鲁莽，乞请兄台见谅！”阿发嬉皮笑脸。

“见谅个屁，我可是一天没吃了，本想好好犒劳一下自己。这倒好，全给你搅了！”

“没关系，你看，我这好吃的多了去啦，你拣好吃的去得了！”

阿发说着打开鼓囊囊的背包，顺手掏出一袋肉脯。

我分明听见自己的口水往地上滴答。

在接下来不到三秒钟的时间内，肉脯已到手中。打开包装，我张口大嚼。

嚼着嚼着，突然间更明白什么叫“塞翁失马，焉知非福”了。

这次第，怎 个爽字了得!

一袋肉脯顷刻间化为乌有，我在阿发的背包里发掘“新大陆”。

可怜的阿发在一旁心情复杂地看着我疯狂地猎取。

不过总的来说，我还是比较友好的，至少不忘在猎取后给阿发留下些漏网之鱼。

四十一

老周和蟾蜍傍晚方到。

老周提议晚上去打《穿越火线》，说是想检验一下我传授的经验是否有实战价值。我们齐声赞同。吃罢晚饭，倾巢出动。

好久没打《穿越火线》了，一时还有些手生。

老周给我下了战书。

结果第一局出师不利，输给了老周。

我瞥眼看了看那家伙，白白净净的脸上正惟妙惟肖上演着喜不自禁。

这种激动持续到第二局开盘不久，他一个疏忽被我“暗杀”了。

“骄兵必败呀！”我叹口气说。

老周是个颇有斗志的同志，所以接下来他不断向我叫嚣宣战。

只是不巧，上帝没有再次眷顾老周。

直到第N回合，老周总归甘拜下风。

不过毕竟首战告捷，于老周，还是一个不小的安慰。

接着老周又神游在了《泡泡堂》的乐园里。这孩子对聊天不感兴趣，用他的话说，聊天是无知者和坑蒙拐骗者的专利，视频聊天更是出卖色相，罪大恶极。

老周可悲就可悲在对聊天不屑一顾也罢，对打泡泡的绝技也冠盖全室。据说此人曾有过“百战百败”的纪录，其中自杀即达半数，堪称一绝。

显然，老周这次又铆足了劲儿，自我毁灭。

我在一旁也是爱莫能助。

不过，老周很可贵的一点是能屈能伸，懂得知难而退，遭遇高手立马走人。然后，当他发现无论进那个小区自己总是技术最烂的一个，就索性退出游戏。

这不，那家伙现在又漫无目的地看新闻了，一看就知道又是被踢出去了。

所以说，老周这种专攻学业的孩子还是少上网为妙，如若缺少了老周那样优良的心理素质，在失败面前不堪一击的话，下场一定很惨，至少也得个“网络恐惧症”什么的。

想着想着，我不由得对老周肃然起敬。真是“尺有所短，寸有所长”。

阿发和蟾蜍也在一旁热火朝天。

阿发又盯着某位明星姐姐的玉照直流口水，就像是在意淫。我真想把芙蓉姐姐的照片发给他。冲动归冲动，没有实行，怕他一时接受不了——应该循序渐进嘛，是吧？

蟾蜍又在和网友视频，一脸兴趣盎然。看来他始终对自己的“姿色”保留较强的自信。我暗自嗟叹，这是蟾蜍未能肃清的错误。所谓哀莫过于心死，无论如何，蟾蜍自信满怀，应该说还是蛮有希望的。

《穿越火线》怎么打怎么赢，渐渐觉得索然无味。事情总是这样，太外行没兴趣，太内行也会没兴趣。上天真公平。

百无聊赖中，看窗外暮色深沉，那三位也是一脸慵懒，呵欠连天。

我站起身，拍拍已麻木的屁股说：“走吧！”

阿发意犹未尽提议玩通宵。

“得了吧，明天就上课了！”我说。

回到寝室简单洗漱一下，便熄灯就寝了。

夜里听见阿发床铺吱吱有声，像是在做春梦。

四十二

奶茶打来电话说元宵节后返校。

新课表发放下来了，新增了几门专业课，课程排得密密麻麻。

打击最大的莫过于老周，觅女友的夙愿可能就此搁浅。

附带倒霉的就是阿发了，曾信誓旦旦壮语豪言说开学给老周物色女友的。所以，当他被失落的老周掐着脖子摇右晃的时候，我明白了轻易给人承诺可能会付出惨痛代价。前人总结的东西都是有道理的。

不过次日，阿发就给我们带来了好消息。

从阿发口中我们发现了一个倾国倾城闭月羞花的美人儿。阿发最后一句话是这样形容的："简直是杨玉环再世！"

我寻思：这等姿色两年来何故无睹？

老周对阿发的话深信不疑，蟾蜍在一旁淫笑得一塌糊涂。

老周向阿发探询伊人芳踪。

“这个不必担心，我已全盘搞定。明天中午十二点，带你到二号食堂一睹芳容。”阿发不无得意讪讪笑道：“饮水不忘掘井人，到时候别忘请我吃饭哦！”

“那是一定的！”老周无比欣喜。

晚上老周蹭到我旁边，一脸暧昧。

我起了一身鸡皮疙瘩：“你要干什么？你该不会是同性恋吧？”

“我对男人没兴趣。”老周言简意赅。

“那你这是……”

“小虎啊，你就把你追奶茶的经验给我传授一二吧，啊？”

呵，原来是来学手艺的。

说老实话，我和奶茶怎么走到一起，有时连我自己都不相信。有时宁愿相信只是冥冥中的一种安排。或者说，是缘分。天地就是一个大磁场，男女就是阳极和阴极。只要相互吸引，总有一天会走到一起。

我拍拍老周的肩膀，一脸虔诚。我说：“兄弟实在是爱莫能助，不想误人子弟，所以向你郑重推荐当之无愧的蟾蜍先生，略表寸心。”

老周焉能不感激涕零？一边感激着一边虚心找蟾蜍请教去了。

四十三

老周一大早就爬了起来，好好打扮了一下。但见他的西装革履一尘不染，面色红润神采奕奕青春焕发。

“要嫁人了就是不一样啊！”我调侃道。

上午四节课老周估计也没听进什么，以手托额，冥思不止。看来是在部署战略。

一放学，老周一屁股弹起来，与阿发一道，相亲去也。

蟾蜍垂涎欲滴，认定老周命犯桃花。

“没准儿，明儿就轮到你了！”我宽慰道。

约莫二十分钟后，老周和阿发就回来了。不过，他们庆祝胜利的方式独具一格，别出心裁，远远看到阿发是被老周拽着走的。

我和蟾蜍准备接风洗尘。

“搞定了？”我唐突道。

老周的表情出乎意料，一脸愠怒。

“早知道就不该听阿发瞎糊弄。什么沉鱼落雁、闭月羞花？除了杨贵妃的丰腴有余，整个儿就是……吓得我饭都没吃，撒丫子就跑！”老周愤愤道，继而向阿发兴师问罪。

我倡议把阿发拖出去杖责二十。

“不要吧，所谓‘萝卜青菜各有所爱’，这不能怪我呀，怪只怪我俩喜好的类型不同。我无辜的呀！”阿发竭力辩解。

“这样吧，阿发请我们撮一顿以示歉意，下不为例哟！”蟾蜍打圆场。

在本寝室有个不成文的规定，谁做错什么事，最佳解决方案就是请吃饭。

这顿阿发损失不小，一张百元大钞找零只剩几枚硬币，阿发心疼得不行。本来想趁火打劫“宰”老周一顿，没想到头来偷鸡不成蚀把米。

老周亦是元气大伤，倒在床上只哼哼，估计一时半会儿难以恢复。

看着“为伊消得人憔悴”的老周，想想我一路不易，有心抚慰老周，无力回天。

同样是人，眼光的差距怎么就这么大哩？

四十四

接下来的几天倒也相安无事，老周和阿发郁闷几天也就痊愈了。

大学这样一个场所给我们提供了一个很好的自我磨砺的环境。我们经历一些事情，遭受些许打击，然后在时间的冲刷中自我修复，周而复始，循环不息。

时间可以冲淡一切。真的是这样呵！它能抹掉一个人过去的所有辉煌，也能擦去一个人过去的一切屈辱。在时间面前，我们习惯皈依。

想想这次元宵节还要在学校过，真的是很不爽。好在元宵节那天学校放假一天，这才多少得到些慰藉。

老周提议去街上溜达，搞不好可以偶遇一个丁香般的姑娘。

走在大街上，一片热闹气象，人潮熙攘接踵摩肩。

商家店铺也忙趁着这大好时机狠捞一把，打着诸如“亏本价”“跳楼价”之类的幌子坑害消费者。在现实社会中，消费者永远只能是弱势的一方，任人宰割。

我寻思什么时候搞个“自杀价”创新创新，说不定更能招徕眼球。

兜售的叫卖声通过高音喇叭的传播，震耳欲聋，人们你推我搡，竞相前往，寻找受骗的快感。

走着走着，蟾蜍怔住了。

循着他的视线，我看到了一个美女，值得说明的是美女身后的包里多了只手。

“贼？”我一惊，扭过头看着他们。

顺便说一下，我们学校所在的城市是座古城。历史上以光辉璀璨的文化闻名，如今却以治安混乱著称。刚来学校时师兄师姐三令五申让我们务必注意防盗，并告诫我们在这座城市行走，一定牢记捂紧口袋。弄得一时间人心惶惶。

长得五大三粗的一米八个头的蟾蜍此刻眼中射出激扬的目光。不用想，这厮脑中绝对上演着英雄路见不平一声吼，窃贼肝胆俱裂逃之夭夭，最后英雄抱得美人归的壮丽剧目。

说时迟那时快，只见蟾蜍一个箭步以迅雷不及掩耳的之势蹿过去，一把抓住扒手手腕一提，一只捏着张手巾纸的手便被提了出来。

手巾纸？蟾蜍脸色煞白。

“你搞嘛事？”“扒手”凶神恶煞地看着蟾蜍。

“哦，哈，不好意思，抓错人了啊……对不起啊……”蟾蜍方寸大乱，无地自容。

“这伢脑子有点不清白！”“扒手”拥着美女离去，边走便用手巾纸揩着嘴。

“哎，今儿个人丢大了呀！”蟾蜍郁闷。

四十五

奶茶打来电话说中午返校。

刚到车站时，车正好抵达。远远看着奶茶从客车上下来，拽着花花绿绿的大包小包，煞是有趣。

“你开杂货店的？”我迎上去。

“去你的！”奶茶笑着扔给我一个包，“给我拿好了！”

奶茶说本来准备提前几天来学校的，但中途发生了些变故，耽误了几天。然后问我在家怎么过的。

我说：“我在家整个儿过的是‘猪式生活’，吃了睡，睡了吃，不过比猪稍微幸福一点的是可以窝在被窝里看电影。”

奶茶笑嘻嘻地说：“我在家潜心修炼，租来一大摞琼瑶的小说，看得天昏地暗，牺牲了一大把眼泪。”

奶茶问：“他们都来了吧？”

我说：“早来了。昨天上街，蟾蜍还上演了一出英雄救美挺身而出擒‘扒手’的好戏呢！”

听完我的叙述，奶茶笑得花枝乱颤，说好啊好啊。我们的大帅哥总算可以上头条了！

开学伊始，班上转来一名同学。

真是一石激起千层浪，这位仁兄的到来无疑给我们波澜不惊的生活制造了谈资。

内部消息传言此兄乃园艺系学生，由于挂课8门被驱逐。听后不免郁闷，感觉经贸系像个垃圾中转站。

我说：“阿发呀，人外有人，天外有天呀。你每学期平均挂课两门，相比这位仁兄还是相差甚远啊。你的第一把交椅怕是坐不住了。”

阿发骂了句“真牛”。

老周说：“换了我，早知经济学专业这么没前途，不如退学。”

正当我们拭目以待之时，那位仁兄便让我们见识了什么叫偶然与必然的辩证统一。

这里的偶然是指偶然忘记逃课。据不完全统计，该兄上课出勤率约为百分之十。换句话说，他一周内逃课大致三个课时。这也刷新了阿发辛苦维持的日出勤一课时的辉煌纪录。

这些偶然因素必然直接导致其大红灯笼高高挂。

据说，这位仁兄除了不爱学习之外也无甚爱好，但谈起恋爱技巧却头头是道滔滔不绝，搞得蟾蜍自叹弗如，大有晚节不保之虞。

江山代有才人出，各领风骚数百年。稍微加工一下就很能形容这种情形。

这位仁兄还有一招，就是追到手的女孩向来不出一月就毙掉，一时令人叹为观止。

四十六

考试成绩姗姗来迟。

到网上查看公布的分数，还行，会计、宏观经济学和统计学都在八十分以上。

其他副课也都通过了，有望问鼎奖学金啊！

回到寝室，马上有种异样的感觉。

蟾蜍、老周歪在床上神情恍惚，呆若木鸡。

突然想起一句广告词，一只螃蟹问另一只螃蟹道："咋了，哥们，被煮了？"

"小虎，查分没有？"半晌，老周才缓过来。

"刚查，还行吧。怎么，没考好？"

"唉，西方经济学得了五十三分，还得重修啊！"老周重重叹了口气。

老周也会不及格？真是让人难以置信。看来大学的确是一个什么都可能发生的地方啊。

“咱们西方经济学老师号称经济学院‘四大名捕’之一，差一分也休想过关！

“我会计学得了五十九分，还不一样没让过。现在的老师，一个比一个变态！”蟾蜍愤愤。

正说着，阿发兴高采烈大摇大摆走进来。

“小虎，托你的福，我会计学考了八十二，哈！”

老周和蟾蜍哭笑不得，一个劲儿地嗟叹世风日下。

“而且，本次考试科目全部通过！”阿发接着说。

“天哪，没天理呀……”蟾蜍抓狂了，手舞足蹈大喊大叫。

然后，在我们的要挟下阿发为我们的晚饭买了单。

饭罢给奶茶打去电话，约定周末去中山公园。

“中山公园？都去几百次了！去文湖公园吧！”电话那头奶茶抗议。

“中山公园景致好啊！”我说。

“去文湖公园！”奶茶不依不饶。

“这样吧，咱们比比这次考试成绩，谁考得好就依谁，怎样？”我不失时机地炫耀。

“比就比，谁怕谁！”

我一口气罗列出各门成绩，想象着电话那端奶茶瞠目结舌的样子。

而当奶茶说完她的成绩时，我才知道什么叫实力悬殊，蚍蜉大撼树。

“怎么样，还行吧？呵呵！”奶茶不无得意。

“好好好，我自愧弗如、甘拜下风，你是大王还不行吗？你说去哪儿，就去哪儿啦！”

“呵呵，那说好了，周日七点校门口见，不许赖床哦！”

“不敢不敢，下场我是明白的！”我忙不迭地说。

奶茶笑笑挂了电话。

外语系特等奖学金的获得者，果然名不虚传啊。

四十七

周日七点。

赶到校门口，刚过八分钟，奶茶已候在那儿了。

乘上10路公共汽车，直接去文湖公园。

公园与大街委实不同，没有车水马龙的喧闹。多了几分静谧和雅致以及季节的剪影。各色的花都绽放着，置身其中有种世外桃源的感觉。难怪人们爱把这里作为培养爱情的温床。

赏了一径的花鸟，天渐渐热了起来，买了两份冷饮坐在石凳上稍作休憩。

正喝着，忽觉一股腥风扑面而来。抬首，但见一衣衫褴褛的乞丐手捧“聚宝盆”（我习惯这样称呼乞丐的生财工具），迎了上来。

“打发点咯……”那乞丐可怜兮兮看着我们，眼神充满杀伤力。

我向来把他们定义为“行走在城市边缘的艺术家”。要说演技，我个人认为他们比起当今所谓明星大腕儿毫不逊色。他们的撒手锏就是那操练得炉火纯青登峰造极的眼神，让你毫不怀疑这人至少十天粒米未沾滴水未进，恨不能倾尽所有，宁可自己挨饿，也要行善积德。而事实上，很多时候这仅仅是一些别有用心者的创收手段。如今的乞讨堂而皇之地成为一门职业，零风险，零成本，只需抛出一个可怜兮兮的眼神，一本万利，实在将不劳而获诠释到了极致。利用人们的恻隐之心牟取一己之利，可恶啊可恶！

奶茶掏出钱包，净是五元十元面值的钞票。

“有零钱吗？”她问我。

“就两块钱，刚买冷饮了！”我摊了摊手，心想：有也不给。

正说着，那乞丐居然伸过脏兮兮的手自个儿拈出五元，亮了亮，大概是说：看，我只拿五元，没动你那十元钞啊！对得起你吧！

然后，他麻利地将钱塞进鼓囊囊的口袋，转身就走，端着空空荡荡的“聚宝盆”诓骗下一个目标去了。

匪夷所思！我和奶茶愣是张着嘴半天没合上。

“抢劫啊？”我说。

还未待奶茶回答，只听不远处一个中年妇女追着刚才那乞丐喊：“还我钱咯！”

那乞丐一点儿不像没吃过饭，像极了加满油门的F1，一溜烟就飙得无影无踪。

一路上，乞丐鼓囊囊的口袋和空荡荡的“聚宝盆”反复在我脑海闪现，挥之不去。

四十八

自称处于感情稳定期的阿发，近来可谓是精神抖擞红光满面。一看便知爱情攻坚战业已完成。

于是，我们寝室便又多了位常客。

阿发的女友是武汉人，长得甚是清纯可人，脾气却是异常暴戾，我想大概与她的名字“陈焱”不无关系。

于是，我们每每揶揄道：“阿发啊阿发，这种姑娘恐怕非我等泛泛之辈所能驾驭啊，你提防着点儿，小心可别玩火自焚啊！”

阿发报之一笑，说：“我是谁呀，连个小女生都搞不定，还要不要混啊！看我怎么把她治得服服帖帖！”

我们当即肃然起敬自叹弗如，想阿发成天在女人堆里打滚儿，都成精了，我们这功力，哪能跟人家相提并论呢？惭愧啊惭愧。想着不免更是五体投地顶礼膜拜。

事实上，我们从未质疑过这番壮语豪言。直到有一天，我们目睹阿发惨遭蹂躏……

那天我、老周还有蟾蜍去图书馆查资料，阿发说有事不去了，我们心照不宣，也就径自去了。

及至放学，我们回寝室拿家伙吃饭去，还没走到门口，只听到阵阵惨绝人寰的号叫隐隐传来。

“杀猪？”我问。

“好像是的。”老周说，“是不是学校良心发现，有意改善我们的伙食？”

“应该是吧。听说最近省教育厅领导要到学校视察。”蟾蜍说。

正当我们暗自欢喜之时，直感到声源越来越近。

“不对呀，好像是从咱们寝室传来的声音……”老周纳闷。

“敢情咱们寝室变屠宰场了？”

第一时间打开房门，眼前的一幕着实让我们吃惊。

只见阿发俯卧在床，背上骑着小淼，正高举香拳横眉怒目，阿发在下面龇牙咧嘴。

我突然想起武松打虎，不对，是虎打武松。

“啊，你们回来了？”还是阿发反应快。

“是，是呀……”目睹这场浩劫，我们惊魂未定。

“呵呵，我在帮他按摩呢！”小淼笑靥如花。

“是呀是呀，早上忽然觉着腰酸背痛，就让小淼帮我拿捏拿捏。这儿，这儿，再揉揉，哎哟……”阿发演得出神入化。小焱立马配合得煞有介事。

那么重一“只”人骑在身上，不腰酸背痛才怪呢。

“那你们继续，我们吃饭去也！”我们拿着饭盒先行回避了。

“阿发看来是朝不保夕啊！”我说。

“岂止，是死无全尸呀。”蟾蜍补充。

“唉，惨哪！”我叹道，“所以说，找女朋友就像做人一样，要脚踏实地……”

“前车之鉴，后事之师。”老周慨叹。

四十九

大学英语四级分数公布了。

出乎意料，我们寝室全军覆没。

最郁闷的当数我和老周了。论实力，我绝对具备冲级的实力；论勤奋，老周无疑是一马当先，光做的模拟试卷都高高一摞。至于阿发和蟾蜍自是相安无事，估计还多了点莫名其妙的快意呢！

我就拽着老周去打游戏，在这里游戏机是最便利的娱乐方式，很好地诠释着通货膨胀。

我们把机子拍得山响，搞得卖币老头心疼不已，几次走过来战战兢兢地说：“小兄弟啊，你们轻点儿拍啊……”

然后沉默，几秒后又是一番鬼哭狼嚎惊天动地。

“革命尚未成功，同志仍需努力。明年六月咱俩一起过啊！”走出游戏厅，我拍着老周的肩膀说。

“必须的！”老周斩钉截铁。

一年一度的网上选课又一路风尘仆仆地来了，一时间自然又是进行得如火如荼。我选了营养学和文学鉴赏。网上好多经济类选修课，然而我并不感兴趣。有点啃了一年面包再看大豆的感觉。

老周想涉猎一些工程建筑方向的知识，所以选的是材料力学和建筑制图。

蟾蜍选修的是病虫害学和植物保护，看来是想把看家本领发扬光大。

至于阿发，他透露选修的是两性生殖保健和人体美学，并大言不惭地标榜这是二十一世纪人才必备素质，说是为优生优育做贡献。

学校开设这类课程，大概就是考虑到阿发这种败类的需要吧！

奶茶问我选修的什么科目，说要和我“统一战线”。

我说：“我选的是两性生殖保健和人体美学。”

奶茶惊叫：“你真够变态呀！”

我说：“人家阿发就是这样选的。”

她说：“阿发不选那些还能选哪些？”

我一听差点没笑岔气儿，心想：阿发方才还在一旁神侃力陈自己的决策何其英明，何其高瞻远瞩，要是听到奶茶这样说，估计马上口吐鲜血一命呜呼。

在奶茶的软磨硬泡下，我妥协了，告诉她选修的是营养学和文学鉴赏。

她说：“你看你面黄肌瘦，弱不禁风，是该学学营养学了！”

我说：“你还真够贫嘴啊。你看我体魄雄壮，骨骼强健，实在是伟哉斯人哪！”

奶茶大叫：“我看是有辱斯文吧！”

我说：“是啊，不然怎么叫‘物以类聚，人以群分’呢？”

然后，我就被抓狂的奶茶追得到处乱窜。

五十

老周不知从哪儿弄来一摞英语试题，说是要闭门修炼，日练一套。

我当然不能掉队，于是去“跳蚤市场”淘宝。

淘来淘去淘了本全真模拟题，也不知前主人是哪位师兄或是师姐，但绝对是个不折不扣的牛人。模拟题只做了一套，错得是惨不忍睹，一塌糊涂。估计，刚开始雄心勃勃买了套试题小试牛刀，后来错到这个份儿上感到愧对出题老人家的艰辛劳动，于是索性放弃。由此可见，万事均有两面性，马克思教导得没错，学习资料也是一把双刃剑哪！

本来想在扉页写些励志之类的壮语豪言，但想想那些天天在桌子椅子乃至手上身上书写过誓言后，仅仅三分钟热度就呵欠连天，然后趴在桌上梦会周公，落下一大摊口水的师兄们，不免哑然失笑，也就不效仿了。

于是整日和奶茶探讨试题，倒也怡然自乐。

此暂按下不表，却说阿发惨遭小焱百般施虐，惶惶不可终日。

刚开始为了保持形象，小焱还有所收敛，如今彼此都熟悉了，就更是毫无保留了，光天化日之下大刑伺候几成家常便饭。可怜阿发好端端一个同志号称是风流倜傥，愣是搞得人不人鬼不鬼，真个是“疯牛涕淌”啊！

每次小焱一走，阿发就会边贴创可贴，边轻描淡写道：“好男不跟女斗。我这是秉承中国千年来的优良传统啊，君子风范！”

我们齐做一个中指向下的手势——鄙视你！

在大学存在着这样一条潜规则。如若一个寝室半数以上室员都有了男女朋友，而你依然孑然一身形影相吊的话，你就该检讨一下自己，是自己太不修边幅，不注意仪表举止，还是，根本就毫无魅力而言。这是一条放之四海皆准的铁律，无论男生寝室或是女生宿舍。

而一旦到了大二下学期还未觅得知己，那就很危险了。这时处于爱情饥渴期的人都开始蠢蠢欲动了，男生大有来者不拒的风范，女生则有着找个人嫁了再说的想法——尤其对于那种寝室成员已成双入对，形成“共荣圈”的同志，压力就自不待言了。

我们寝室就有蟾蜍和老周。

蟾蜍倒是没什么遗憾，至少也曾骗到过纯情村姑。真正老周是未曾得到爱情滋润的人，成天学习啊学习，一天到晚泡在自习室，愣是把爱情给荒废了。

可怜的孩子。

五十一

老周实在是饥渴得不行，不日又坦白恋上了邻班的一位美眉。

“好啊好啊，有目标就好呀”，我说，“摸清人家底细没有？别搞得到时稀里糊涂冠上个横刀夺爱的罪名啊！”

“听说她大一有过男朋友，后来分手了。不知所为何事。”老周一板一眼地说。

“这种女生恐非尔等所能驾驭哟！”蟾蜍一副历经沧桑的嘴脸。

“不过，我觉得那女生看上去挺单纯的。”老周纠正。

“单纯？嘿，你看看现在大学女生，真正称得上单纯的又有几人？别被虚伪的外表迷惑了，像你这种单纯男孩儿现在可濒临灭绝了！”蟾蜍说。

“老周太嫩了，还是要小心为上啊！你以为像奶茶那种女孩遍地都是，随便你挑啊？”阿发深省。

“是呀，稍有不慎，后果不堪设想啊！”蟾蜍说着看了看阿发，老周心领神会地打了个寒战。

阿发马上又把胸脯拍得山响请缨，探察对方消息，说是作为对上次“相亲”事件的弥补。

阿发拍胸脯的时候我突然想起一个词：成事不足，败事有余。

“嗯，知己知彼，百战不殆！这一步很关键，这样才能做到有的放矢，才能步步为营，势如破竹，所向无敌！”蟾蜍道。

“阿发，你小子任重道远哪！”我意味深长。

阿发自此开始为老周的婚姻大事操心。

是日，月黑风高，无心睡眠的阿发又溜达到女生楼下，说是为老周打探情报——鬼都晓得那是假的，这厮主要目的是看美女。

看到身姿曼妙的美女从身旁川流而过，不能自持的阿发就开始意淫起来。这时，楼上一位刚跟男友分手郁闷不已的美眉在四楼走廊吹风，豪饮了若干听啤酒，胃里一阵翻江倒海，瞄着瞄着就看到了楼下吮着嘴唇一脸贱相的阿发。

刚从移情别恋男友那儿总结出“男人都不是好东西”的美眉突然想拿东西砸他。正在此时，意想不到的事情发生了——一个打扮得花枝招展的美女婀娜地走出来了，拿着手机正在跟男友甜言蜜语。

阿发但觉眼前一亮，嘴便张着再也合不上了，色眯眯地盯着美女的背影意淫，哈喇子像小河一样肆意流淌。

这时美女回首莞尔，阿发以为她在对自己暗送秋波，立马一个举头望月——断肠人在天涯。

恰好这幕被楼上正欲转身取物的美眉看到了，然后阿发四十五度角抬头迷离忧伤的小目光正好对上楼上美眉。美眉直觉胃里难受得紧，没来得及细端详，哇的一声，吐了。

然后，呕吐物飞流直下三千尺，蔚为壮观，阿发正沉浸在无限惆怅的感觉之中不能自拔，忽见一条白练从天而降，忙动身避让。

在最后一个神经元接收到大脑指示之前，呕吐物已不偏不倚浇在了阿发身上。

周围女生一阵惊叫，楼上美眉得意地笑，阿发转身疯狂地跑。

……

那段时间阿发常常不能自已，我们便“投其所好”地在早餐时吃稀饭喝粥，在阿发吃下第一口面包之前，把黏稠的液体放在他旁边。

然后，阿发扔下刚买的早点捂着嘴仓皇逃窜，我们就一人一份把阿发的早餐分而享之。

后来，这事不知怎的被广而告之，阿发的光辉事迹风行男生寝室，更有好事者捣弄出一首诗来，令人叹为观止：

仿卞之琳《断章》

——致阿发

你在楼下看美女，

喝醉酒的美女在楼上看你。

美女惊动了你的眼睛，

你惊动了别人的胃。

这篇匠心之作被贴在楼底告示栏上，引来笑声一片，一时传为笑谈。

不过，素有情报搜集天赋的阿发此番确实没让人失望，不日便向我们递交了成果。

柳烟，山西太原人氏，一九九五年生，大一时交有男友，同班同学。后由于性格不合分手，一直未再恋爱。

“那女孩性格怎样？有没有暴力倾向？”我为老周计深远。

“典型的东方女性。”阿发一句话掷地有声，打消了所有的顾虑。

“那好，老周，我想你可以出动了。现在，我们来为你部署一下行动。”我说。“此事万不可操之过急，所谓欲速则不达，所以一定要沉得住气，要稳扎稳打，一步一个脚印。你可先邀她吃饭，创造机会，渐渐发展到一起自习。这样时日一长自然日久生情。你现在先准备一段表白，要声情并茂，日日操练，到时一表衷肠，绝对无坚不摧！”

说完老周拉着我，要我推荐一首情诗。我边擦拭着额头的汗，边告诉他不妨去图书馆搜索一下好像有个叫普希金的很牛，还有个英国的诗人，叫济慈的也不错……

五十二

接下来的几天，老周与柳烟频繁出入“肯麦”，我们特意为其筹备了“爱情基金”，以表援助。

老周感激涕零说：“有你们作为我的坚强后盾，定当一往无前云云。”

我感慨：“有了钱，说话就是不一样啊……”

紧接着，老周就有了明显的变化。每天一大早按时起床，漱口洗脸后，还要拿梳子左刮刮右撇撇，把个头整得无比舒坦服帖，然后对着镜子孤芳自赏一番。时不时摆几个姿式，再来个笑不露齿的成熟做派。偶尔头上异军突起，必要花半天予以剿灭。常常随手操起一瓶啫喱水一阵狂喷，喷完后的效果就像淋了场大雨，很有点儿恐怖伊万的模样。可怜阿发一瓶新买舍不得用的飘影三下两下就寿终正寝了。后来大家谁都不敢把啫喱水摆在洗手池边了。

找不到啫喱水的老周就开始展开地毯式搜索。

有次蟾蜍把啫喱水包在内裤里，又在面上堆了堆臭袜子，然后在枕头一角“犹抱琵琶半遮面”，自称是固若金汤、天衣无缝。后来愣是被老周搜出来，回寝室后看到剩下个底儿的瓶子。

蟾蜍傻了眼，不得不心服口服，慨叹人外有人，天外有天。

这种变化不仅表现在物质方面。在整个漫长而热烈的暗恋期间，老周的情绪一直是亢奋不已的。看来爱情对一个人的改造确乎是全面而彻底的。

这天晚上，老周回到寝室，一言不发，一屁股塌在床上，无精打采。

“咋了老周，病了？”阿发觉察出些许端倪。

老周无力地摇摇头，尔后继续呆若木鸡。

蟾蜍道：“老周有话就说啊，老这样闷闷不乐，搞得我们好迷茫哦！”

良久，老周长叹一口气：“自古多情空余恨，此恨绵绵无绝期……”

此言既出，立见分晓。估计老周的初恋没戏了。

“都怪我太性急，今天晚上就忍不住向她表白。”老周委屈地说：“其实，我也不好意思说的。后来走到女生楼下，眼看就要上去了。想想再不说就没机会了，一时冲动就和盘托出了……”

“冲动是魔鬼……”蟾蜍说完在阿发的脸盆砸来之前逃出了寝室。

“你向她表白？”我讶然。老周的勇气出乎意料。

“我问她，听过徐志摩的那句‘你是天边的一片云，偶尔投影在我的波心’没有。她摇摇头。我就问她，是否愿做我天边的那片云。她说，现在不想考虑，劝我安心学习……”

我强忍着胃里一阵翻江倒海，瞥了眼倚在墙角脸憋得通红的阿发，拍拍老周的肩膀说：“好好学习，天天向上！”

五十三

老周的首次恋爱就这样落下了帷幕。

我们担心老周会由此背上思想包袱，为保证室友思想齐头并进，保证老周丢下包袱，轻装上阵。经过多次会议磋商，特委托蟾蜍代表人民意志对老周进行劝慰。

于是，蟾蜍不辱使命对老周做如下开导：

“老周啊，一次失败算不了什么。要想驰骋疆场，就得身经百战。不经历风雨，怎么见彩虹？我们绝不能退缩，应该奋勇向前。固然，在求爱的漫漫长路上，会荆棘满地。所谓‘路漫漫其修远兮，吾将上下而求索’，我们就该披荆斩棘一往无前！我们就要有甘为爱情献身的精神！革命不成功，绝不气馁！”

蟾蜍这番觉悟把他整个人都升华了。

“是呀，老周，你看人家蟾蜍，屡战屡败，屡败屡战，为爱情杀身成仁义无反顾，都失败四五十次了还坚定不移。你刚失败一次，比他强多了……”

嘭的一声，阿发的屁股一声巨响，方才还颇威风的阿发号叫着捂住屁股。

蟾蜍不知何时抄来一块大木板，木板上缠着的垃圾袋在风中猎猎飘扬，煞是威武。他尚不解恨，又挥舞着板子把阿发直撵至门外。然后就听到噼里啪啦一阵响，阿发为他的出言不逊买了单。

老周终于笑了，来了句貌似极有哲理的话：“分分合合，合合分分，心之所至，怎堪浮云。”

在眼见就要出现财政赤字的窘况下，奖学金评选结果揭晓，我有幸获得二等奖学金。望着手中一小沓钞票，直感慨雪中送炭。

奶茶毫无争议地荣誉特等奖学金，打来电话说是请我们吃饭，约好正午十二点枫叶饭店。

寝室里几头面黄肌瘦饥肠辘辘的饿狼自然拍手称快，阿发扬言要大吃一顿，蟾蜍也宣称要奔小康。

主宰权交到蟾蜍手上时，我就知道犯了个致命的错误，于是乎大鱼大肉海味山珍悉数陈上。

我在一边小心翼翼地提醒：“要积点口德。现在禽流感、口蹄疫、疯牛病相当猖獗。”

奶茶在一旁笑脸盈盈。

在推杯换盏中，一桌盛宴被我们几个早已摩拳擦掌蠢蠢欲动的家伙扫荡一空。

奶茶捂着嘴笑道：“我们就像是群饿了三天的乞丐。”

我们很有风度的为避免因言废食而颔首称是。

等到付了钱离开的时候，隐约听到一个女服务员感慨：“唉，现在学生伢们蛮造孽的，你看那几个男……”

五十四

转眼已至盛夏，气温一天天高了起来。

校园里行走的不再是臃肿的春装，取而代之的是清一色的T恤短袖衬衫短裙。用阿发的话说这是一个秀色可餐的季节，有诗为证（别扔鸡蛋啊，这可是阿发版啊，你们也知道，阿发就那水平，呵呵）：

这是一个火热的夏天，
我穿着短裤和拖鞋，
游走在诗意的校园，
只期望际遇，
一位身着超短裙的姑娘。

正当阿发忘乎所以地沉醉于自己的开山之作中，一遍一遍反复玩味时，忽见小焱大踏步走将过来。我想：阿发这次是死定了。这样想着，我碰了碰阿发。

“怎么样，很有感觉吧，啊哈……”睁开眼睛的阿发一时间僵住了。对面，小焱抱着胳膊，微笑着。

“很好，蛮有感觉的嘛，继续啊！”

不知大家是否有同感。如果一个女孩通常都是一副杏目圆瞪虎视眈眈，恨不能生吞活剥了你的模样，突然有一天慈眉善目笑容和蔼地看着你，这时通常有三种可能。一是女孩顿悟原来人生只有微笑，才会变得更迷人，更有亲和力；二是幡然悔悟以前对你不够好，如今改过自新，主动示爱；三嘛，就是暴风骤雨来临的前兆。

以我的经验，估计此刻前两种可能出现的概率约为无穷小。

“你们聊吧，我有点事先走了！”我拍拍阿发的肩膀，鼓励他一定要挺住。家务事，我们既无力左右，亦无权干涉。只能说是爱莫能助。毕竟，我不是美利坚。

回过头的那一刻感觉阿发的眼神如此哀怨无助，像一只放在砧板上待宰的羔羊。

蟾蜍、老周也相继出来了，我们在胸口狂画十字。只听见里面的阿发干咳了两声，宣告暴风雨的莅临。

紧接着就是一阵器皿敲击声。

一分钟。十分钟。

……

半小时后，小焱雄赳赳气昂昂走将出来，大摇大摆扬长而去。

我们暗忖阿发这回是凶多吉少了，估计最少也是个九级伤残。万一搞不好弄个生活不能自理什么的那可就糟了。

我们第一时间冲了进去慰问惨遭蹂躏的阿发，只见这厮仰倒在床上，看到我们进来很男子气概地微笑致意。

“没事吧，兄弟？”我探摸了一下，那活儿还在，不由得松了口气。

“没事没事，好着呢，嘿嘿。咦，天上咋那么多星星？”

五十五

阿发的东窗事发让我们见识到女人吃醋是多么可怕的事情。于是各自引以为戒。

当老周案上的模拟题又隆起一沓时，大学英语四级考试就如约而至了。

此次四级考试，我和老周势在必得。上次的败走麦城难免有些遗憾，今番可是铆足了劲儿，要冲过及格线。蟾蜍和阿发依然是优哉游哉，捧本词汇背不到两分钟就被成功催眠。近来二人休息得充分且安然。真是“泰山崩于前而色不变。”

四级考试是六月十八号九点开始的，时长两个小时。

我感觉整个过程做下来是行云流水，听力也感到异常清晰。

交试卷的时候，我知道这次过关了。

老周也是一副成竹在胸的样子，只是抱怨听力没做好。我宽慰道：没事的，吉人自有天相。

四级考试过去了，课也基本上停了。剩下要做的事就是复习专业课备考了。

考试日程也安排下来了，经济学专业是六月二十八号结束考试。奶茶他们更早，六月二十六就考完。计科、城建的师兄们最惨，都要到七月才放假，估计是时都羡慕到流鼻涕。

问及暑假的打算，奶茶笑言：“任务重着呢。英语专业八级和计算机二级考试迫在眉睫，回家要好好充电呀！”

我说：“我就在家看看书，听听音乐，练练琴，羡煞神仙的生活。当然，还有一件重要的任务要完成，就是近期投入创作的小说要在暑假杀青。”

“呵呵，你也会创作小说？没看出来啊！”奶茶调侃。

“这叫真人不露相。”我自鸣得意，“我的专长多着呢，慢慢发掘吧！”

五十六

六月二十二号我们迎来了第一门考试宏观经济学。

试卷发下来后，我看得目瞪口呆。不是题目太难，而是太容易了。后面三道计算题，用脚趾头都解得出来。感觉老师是在侮辱我们的智商。亏我花了几天时间夜以继日地背书做题，现在都觉着不值。

考试时长是两小时，我用了大概半个小时就做完了。想想太早交卷有些惹眼，遂翻来覆去地从头到尾检查了N遍，确定没什么问题，这才有点如坐针毡了。

我偷眼瞧瞧左前方的阿发，此刻正在卷子上龙飞凤舞，不亦乐乎，做这种智障级别的试题不爽得一塌糊涂才怪呢！

这时蟾蜍敢为天下先的第一个交卷了，正欲跟进，忽闻桌背轻叩。

“第三题选什么？”阿发又撇了下头。

“选D。”我说。

其实，那题我也不能确定，只是感觉上似乎D更确切些。

“我咋觉着好像B更接近啊？”阿发略一沉吟，“得了，我相信你！”

后来考完了我偷偷翻了翻书，正确答案是B。幸好阿发属于那种一门课考完便抛之九霄云外的主儿，否则我就惨了。

首战告捷。

休息了一天，就要准备下一场考试计量经济学。这门课客观上讲颇有难度。为了顺利过关，不得不在接下来的几天玩命充电。

等到计量经济学考罢就只剩市场营销学和企业理论，这是两门文科性质较浓的学科，稍微记一下过关应该不成问题的。

一路考下来，过关斩将有惊无险。总体感觉期末考试很人性化。

奶茶早在两天前就解放了，临走前说好网上联络。

目送客车远去的时候突然有种被抽空的感觉，一种，空虚的心悸。

我终于体会到了那种对一个人是如此的需要而又无能为力，像在空中很想抓一把，却又什么也抓不着，什么也触不到的无助。

那种无助，叫思念。

五十七

六点，登上了回家的客车。

阿发还得在学校待上两天等到小焱考完方能放行；蟾蜍想在校逗留几天，这小子近来有发情迹象；老周暑假待在学校备战计算机二级。

头天晚上听了一宿的收音机，休息得并不充分，一上火车倒头就睡着了。

……

车到站了，下车，却发现奶茶候在站台。她穿着那件粉红色吊带背心，站在人群里，卓尔不群。

“你怎么会在这里？”我惊愕得合不拢嘴。

“走，带你去一个地方。”奶茶也不解释，一把拉上我就走，很急切的样子。

我们来到一座山上，鸟鸣山幽，绿荫如盖。山上壁立着许多巨石，突兀嶙峋。山间小道千回百转曲径通幽。

“嘿，你瞧，那山石上有我的名字呢！”奶茶手指不远的一块石壁，惊叫道。

我走近一看，果不其然，那石壁上深镌着两个字：奶茶。

我疯一般地牵着奶茶的手，竭尽全力向高处迈进。所有的石壁上都刻着两个字：奶茶！奶茶！奶茶……

我们来到了山顶，山顶上的天空，触手可及。天上的白云，淡雅而飘逸，风筝般随风摇曳，似舞着酒醉的探戈。偶尔飞过一只鸟儿，一声脆啼，在幽深的山涧响起连绵的回声。

然而，我们已无路可走。

“没有路了……”奶茶沉吟道。

突然，只觉脚下一沉，就坠入无边的混沌之中。

站起身来，发现又到了山脚下。

回到了起点。

而奶茶，却不知所踪了。

“奶茶，你在哪里啊？”我跌跌撞撞一边找寻，一边歇斯底里地喊着。

“在哪里啊……哪里啊……哪里啊……”山谷传来阵阵令人心悸的回声。

紧接着山剧烈地摇晃起来，似在讪笑一个人的无助。

山石上赫然出现三个大字：壁曳山。

突然胳膊被什么东西碰了一下，我一下子坐起身子。旁边的美女轻叩我的胳膊，说：“到站了啊。”

原来方才只是南柯一梦。

“这么快？”我笑笑。

“是呀，你一直都睡着，当然觉察不到了。”美女莞尔一笑。那一刹那我突然想起了奶茶，她们的笑容有着相似的韵味，很美很含蓄。

五十八

我提着大包小包总算是到了家门口。

按了门铃，老妈开门的一刹那明显愣了一下，把我从上到下打量了好一会儿。让我进屋的时候又开始了心疼的唠叨。

我也就势做出一副忒可怜的样儿，夸大其词地诉说我在学校一日三餐狂啃方便面的经历。

翌日，老爸在老妈的动员下买回一大堆啤酒鸭、叫花鸡、大闸蟹、基围虾，吃得我满嘴流油。

老妈在一旁说教：“儿啊，身体是革命的本钱，要爱惜自己的身体啊！你看你，瘦得像个骷髅。还有你那一头乱发，明天去理了，那胡子也剃了！”

我边吃边鸡啄米似的点头以示同意。不是真的赞成，实在是被迫啊。以往我经常反抗，然后常常招致惨重的后果。

老妈的喋喋不休我是见识过的。记得高二有次在着装问题上与老妈发生了分歧，我想穿运动服，老妈却主张穿西装。

然后，老妈居然花了近一个小时引经据典上下五千年地阐述穿西装如何如何好，我在神经濒临错乱的情况下缴械投降。自此以后，老妈的话于我即是圣旨，是万万反对不得的。

所以对于老妈的说教，我的点头算是条件反射。

最可怕的是每次老妈说教的时候，老爸也会被吸引过来，在怀疑我无法参透老妈理论之时，苦心孤诣地做进一步的申述。

所以当我从老妈用心良苦的唾沫中，看到老爸笑眯眯地一路方步走过来时，我就暗叫不好，于是气运丹田据以抵御。

在对我的说教上，老爸和老妈立场和战线是惊人的一致和统一，尽管在其他方面未必如此。因此，对于老妈的那一套理论，老爸向来是举双手赞成的。

这时，老爸接过老妈的话茬开始了申述，在老爸的强大攻势下，我终于真气耗尽。

我乞求地看着老爸，可老爸并不理会，反而更加循循善诱语重心长。

啊，救命啊……

五十九

一大早，上街理了发，依照老妈的指示，把一嘴渣胡子彻底清剿了。

时间尚早，就近找家网吧上网。

打开QQ，老周、蟾蜍在线。

老周说："昨儿下午到城里找做家教，有位家长说有个读初二的女儿想找个家教给强化一下初一初二的课程。"

我说："可以接下呀。"

老周说："他家有点偏僻，而且家教时间排在晚上，所以有些安全隐患。"

我笑笑说："得了吧，你一个大男人，又不是小女生，还怕别人占便宜不成？"

然后，我问："老周、蟾蜍和你在一起吧。"

老周说："就在旁边，正津津有味玩《穿越火线》呢。"

我笑道："估计那小子企图重演我和奶茶的罗曼史，不知又有哪个女孩儿要遭殃了。就不要骚扰了。"

奶茶一直不在线上。

我突然很想把昨天车上的梦告诉奶茶，但想了想，还是不说的好。

玩了会儿小游戏《泡泡堂》，反复听着曾经很流行的阿桑的《一直很安静》。

给你的爱一直很安静
来交换你偶尔给的关心
明明是三个人的电影
我却始终没有姓名
……

阿桑细腻温婉的嗓音将整首歌演绎得淋漓尽致，恰到好处，听后不免有种莫名的感伤。

就像我和奶茶，我们的爱，一直很安静。

回到家里，爸妈还没下班，随手拿本书翻看。

莫泊桑的《一生》，一本不很有名然而我很喜欢的作品。以前读过，现在重温，感触颇深。这是一个女人的悲剧，一幕或许从前就上演过现在仍在上演着的爱情悲剧。

合上书的时候，我献给她，我这个自以为百毒不侵，无懈可击，当今世上最后一个以坚毅的卫道士自居者的一滴纯粹的泪。

奇怪，怎么突然变得多愁善感起来？

百无聊赖，打开电视，信手换着频道，居然没有一个可以看下去的，不是庸俗得掉渣的广告，就是播过上百次老得不能再老的肥皂剧。索然无味。

老爸老妈打来电话，中午有应酬，叫我自力更生。

放下电话，一头倒在床上，像个病号一样有气无力。

一点食欲都没有。真的。

自生自灭吧……

六十

就这样，在家成天就是看看书、写写文章、听听音乐，偶尔也看电视，只是播出的节目实难恭维，电影频道不是放《地雷战》《地道战》，就是放《闪闪的红星》《小兵张嘎》，整个被抗日影片垄断了，看得只想睡觉。

暑假过去一半了，依旧浑浑噩噩地过着日子。

老爸老妈说我没上进心，得过且过，不知道利用暑期学些东西。

暑假，本来就是养精蓄锐的嘛，没必要把自己弄得很疲惫。

老爸老妈无可奈何，只好一笑置之。

说归说，我当然不敢斗胆与爸妈分庭抗礼，所以一般看书时间就安排在爸妈下班那段时间。

每次，下班回到家的爸妈看到我手捧一本英语或是计算机教材呵欠连天的时候就连夸我长进，劝我稍事休息。然后，我就可以名正言顺地干其他事。很有点尸位素餐的窃喜。

有空就把写好的文章发到网上，接受读者的赞誉，博取一时的满足。

随着日子一天一天的游走，案前的文稿垒了一摞。每每视之，颇有成就感。

闲来无事，上网，打开QQ，有老周的留言。

“小虎，别来无恙？我已找到两份家教，上下午各一份。期末考试成绩已公布，查了下成绩，还行，平均八十多分。你查查啊！”

打开学校网站，输入账号、密码，登录，居然没有成功。

靠！

又试几次，在我正欲放弃之时，终于成功登录。

点开个人成绩。

哗！一组可观的数字跃入眼帘。

计量经济学八十六分，企业理论九十二分，市场营销学九十四分，宏观经济学八十九分。还有两门选修课，也给了结业分数。想想结业论文还是临时上网下载的呢！话说回来，别人也不外如是吧！

无论如何，客观上讲，这次考试可以算是进大学以来历次考试中最辉煌的一役。这个成绩，冲刺一等奖学金，应该问题不大。

奶茶，应该又是特等奖学金无疑吧。小巫见大巫啊！

得知我考试成绩的爸妈自是高兴得不得了，当即上街买回一只大烤鸭以资鼓励。

啃着喷香的烤鸭，老爸在一旁一个劲儿地说：“小虎这次表现良好，但千万不能骄傲，应该再接再厉，勇往直前……”

“嗯，再接再厉，勇往直前。”我的话油腥味十足。

六十一

马上就要开学了，想想似乎才刚作为一个新生走进大学校园，还在好奇地四处瞭望，马上又摇身一变成了一名大三学生，有点不寒而栗。

物换星移，时过境迁，我们还流浪在过去的某个钟点。回首的瞬间，才发现不再是从前。

阿发网上留言说九月一号去学校报到。蟾蜍在学校晃荡到不久前才回家，估计是回家休养生息，养精蓄锐。

马上就要去学校了，竟涌起速去的冲动。这是不曾有过的感觉——尤其是对我这种对“享乐主义”推崇备至的人。尽管，爸妈不时地数落和唠叨确实有点烦。

之所以有了这种前所未有的冲动，我想前因应该是，马上又能见到阔别已久的奶茶了。

一日不见，如隔三秋。

一想到奶茶，想到她的撒娇，想到她含蓄的笑靥，想到她的浅吟低唱，想到她的不施粉黛。想到我所能想到的关于她的一切，包括那件很好看的，粉红色吊带背心，一时间竟不能自已地想一下子飞到她身边。

就连在网上的邂逅，也变成了一种奢侈。

我终于按捺不住给奶茶打去了电话。

其实，我们早就串通好了，电话一律十二点整打，这样心照不宣，避免爸妈干涉。万一不幸被爸妈接到，就推脱说是打错了。

我按下那串数字的时候，正好是正午十二点。

嘟……嘟……

听着间断的通连声，想象奶茶从沙发上一跃而起抢着接电话的情景。

“喂？”电话那头传来一个温柔的女声。

“我以上帝的名义通告你，你已经被我的思念包围了。劝你在一分钟之内放下惊愕，缴械投降。否则我将以冷落罪，将你击毙。”我迫不及待展开了攻势。

“你找奶茶吧。不好意思，我是她姐，呵呵。”

不会吧！

奶茶还有个姐姐？我可从没她说起过啊。

我狂尴尬，只想找个地洞钻下去。

“你等着，我这就叫奶茶来听电话。”

那声音咋就跟奶茶一模一样？

“呃，好，好的……”我支吾道。

奶茶接听电话的时候一直笑个不停，我们说着些无关痛痒的话。我心里一直念着方才的糗事。快要挂断的时候，我一再嘱托奶茶务必帮我在姐姐面前端正形象。奶茶笑而不语。

片刻，只听奶茶说道：“我以姐姐的名义通告你，你已经被我的陷阱围困了，劝你在一分钟之内放下惊愕，缴械投降。否则我将以傻瓜罪将你击毙。”

我张着的嘴愣是半天没合上——敢情我被小丫头耍了？

六十二

二十七日。

睡觉前，把闹钟定到，四点。

买的是二十日凌晨五点的火车票。每次去学校四点就起床，整个人都惺惺忪忪糊里糊涂的。每每试图在床上多赖一阵子，每每被老爸一巴掌拍起来。

其实，赖床我还有一个很合理的借口，那就是几乎每次乘坐的这列火车都会很人性化的晚点——当然仅是针对鄙人这种赖床者而言，其他人等就不得而知了。

偏偏老爸是个急性子，老说我是典型投机分子，应该做好准备以防万一。迫于压力，只得乖乖地把闹钟定到四点。

当我正滴着哈喇子对着面前的满汉全席无从下手时，清脆的铃声把我从梦中拽回到现实。很纳闷为何每次做美梦都是关于吃的，难不成上辈子是个饿死鬼？纳闷的同时遗憾方才没随机尝几口，看来美梦毕竟只是梦而已，近在咫尺却又遥不可及。不然的话现实中难以实现的，是都可以拿到梦中去实现。

出门，叫辆的士，和老爸奔赴火车站。

到站，老爸硬拉我去吃早点。我百般搪塞，一是根本没有食欲，二是比照刚才梦里珍馐佳肴那早点实在是要逊色得多了。但老爸硬是给我叫了一碗牛肉面。

好容易，吃完面，拎上行李包，和老爸来到候车大厅。

“我敢打赌，今天这车还会晚点。”我说。

果不其然，话音刚落，就听见喇叭里一个女声说道:

“各位旅客朋友，原定于五点到站的2175次列车将延迟到六点十八分抵达，特此通知。”

“怎么样，我说嘛。”我颇为得意，“早知道这样，还不如在家多睡会儿！”

说着又不由呵欠连天。

“不怕一万，就怕万一啊！”爸爸无可奈何地笑笑。

六点十八分，火车终于到站。

火车门口，乘客们争相使用各自的身体资本往里挤，又一个优胜劣汰的场景。自门向外逐渐拓展出一个锥形。使出了吃奶的劲儿，终于挤上了车。幸好，还有座位，就近找个空位坐下，行李搁在靠里的位子上。

老爸还在站台上观望，我挥挥手，示意老爸回去。老爸笑着点头，还是未动。

火车停了两分钟就启动了，爸爸跟着向前走。

火车越驶越快，老爸也一路小跑跟行。

直到后来，火车渐行渐远，渐渐看不到老爸那略显肥胖的跑动着的身影。看到车窗外熟悉的城市正在飞快地呼啸着擦肩而过，我终于意识到，我离开家了。

突然有一种莫名的，想哭的冲动。

奇怪，我不是一直盼着去学校吗？

火车轰隆隆马不停蹄，我看着窗外消逝的风景，疲惫得睡着了。

当我被杂乱的脚步声吵醒，睁开眼一瞧，才发现已经到站了。

下车，坐上一辆直达学校的客车。

回到寝室，一个人都没有。不过地面倒是蛮干净的，应该是老周的功劳。

放好行李，趁现在安静，把自己扔到床上，美美补上一觉。

六十三

一觉醒来，已是下午三点。

肚子咕咕抗议。该去犒劳犒劳胃了。

去楼下小卖部买了袋方便面，一罐沙丁鱼，一个卤鸡蛋。旁边有学长善意提醒现在禽流感猖獗。我对他笑笑，我的免疫系统强着呢。

一顿大餐之后，想想还有正事要办，带上信用卡直奔银行。

来到银行，天哪，黑压压一大排人，遮天蔽日，蔚为壮观。长长的队伍直排到街上，像一条巨大的响尾蛇。

这样排下去，要等到几时啊？我傻了眼。

其实，最让我放心不下的还是那台个性十足的取款机，真的蛮有个性的，它动不动就罢工。有一次好容易轮到我，心里正滋润着，哪想一下子就卡了，气得我恨不得砸了它。自此，我对它是敬畏三分。

看看营业厅，里面人不多，营业员正在慢条斯理地动作着。

我想：一般人应该很容易从柜员机前延伸而出的长蛇和营业厅的冷冷清清计算出营业员的工作效率。很有点宁为凤尾不为鸡头的讽刺。

想了想，还是去营业厅等那些人慢慢折腾吧，或许一会儿那柜员机又罢工了呢。

事实证明我还是比较有先见之明的，等了约有个把小时取到钱刚出营业厅，只听呼啦一声，长蛇阵土崩瓦解，一群人拥进厅里，马上又是浩浩荡荡，横无际涯……

来到报名缴费处，辅导员老师正忙得不亦乐乎。

跟老师打了个招呼，老师抬头笑笑："来了？"

"嗯。"

接过收据，心想又被盘剥大几千块，真心疼。

顺眼望去，哈，老周和蟾蜍正在帮忙顺桌椅呢！

"嗨！"我疾步走过去。"还当是都人间蒸发了呢，原来都在这儿当苦力呀！"

"哎，小虎，什么时候来的？"

"刚来，怎么没见阿发？"

"那垃圾，早到了，现在还不知在哪儿和小焱缠绵呢！把哥们扔在这里不管。"蟾蜍道。

"不会吧，阿发哪次见小焱不跟躲瘟疫一般？他急着提前来，怕是朝秦暮楚另结新欢了吧！”我打趣道。

“阿发自称已于小焱握手言和了，以后会惺惺相惜，相濡以沫。”

真个是相濡以“沫”啊。我笑。

“待会儿完工后，咱兄弟找个地方给你接风洗尘啊！”蟾蜍道。

“你请客？”我狐疑。

“老规矩，AA制啊！”

“靠！”

六十四

晚上，奶茶打来电话，说翌日抵达。

正午十二点我就在车站候着了，只到两点奶茶才姗姗来迟。

奶茶一袭米色连衣裙，风姿绰约，像一个夏天的天使。

我疾步上前，接过奶茶手中的行李箱。

“不好意思，火车晚点了。”奶茶抱歉地说。

“没什么，我也是刚来，”我说。“还没吃饭吧，先送你回寝室，安顿好我们去外面吃饭。”

“我刚才在火车上吃了些零食，还不是很饿。”奶茶说。

“真的不饿？让我听听！”我作势要蹲下身去。

“呵，休想占我便宜！你这个坏人！”奶茶笑着跑开了。

我笑笑，追了上去。

当我一把抓住奶茶那洁白如玉藕般的胳膊，突然有一种酥麻的触感。我怔了一下，下意识轻轻松开了手，唯恐捏痛了这娇弱的臂膀。我捕捉到，奶茶的脸上，一种淡淡的羞涩，稍纵即逝。

那一刻的奶茶，沉鱼落雁。

我突然很冲动地一把将娇羞的奶茶揽入怀中，任空中的烈日为我们加冕。

然后，在这段林荫的小道上，我第一次吻了我心爱的女孩。

两年的等待，把这个长吻酝酿得无比醇香。

奶茶看着我的眼神，温柔恬静。

这似乎并不是一个发生暧昧的时间，亦非一个炮制浪漫的地点，然而于我，却是一幅圣洁的画面。温柔的阳光，温柔的林荫，温柔的穿隙而过的微风，温柔的奶茶和我。

这个有关温柔的夏日午后。

我轻握着奶茶的胳臂，看着她。

“我们还有两年的时间，是吗？”

奶茶看着我，轻轻点点头。

“其实，两年的时间，有时就像天边划过的流星，转瞬即逝。佛曰，今生的擦肩而过源自前世五百次的回眸。既然曾经那么痛苦的涅槃，为何不让这来之不易的邂逅更加完美呢？”

“你好迷信哦！”奶茶笑着说。奶茶笑的时候眼圈有一点红。

奶茶，让我们好好珍惜余下的光阴吧！

六十五

新课表公布了。这个学期看来并不轻松，十二门专业选修课，还有五门必修课。班主任苦口婆心地再三重申：大三正式步入专业课学习阶段，其中国际经济学和财政学难度不容小觑，要做好心理准备云云。

直到现在，我才发现从前选择文科是多么严重的错误。每次寒暑假前，看着城建学院的师兄弟拿着测量仪和标尺穿梭于校园之间进行现场实习，我就感到一种莫名的空虚。回想自己在这个校园待了两年，对于专业知识差不多一窍不通，有限的记忆就是一次次临考前的临阵磨枪。考完了，枪一扔，又一片空白。

一旦我们静下心来认真考虑自己的问题，看到的往往是一些让自己悲哀的谬误。

我开始学着思索自己未来，带着满脑子的恐惧。

我的这种转变是被同窗们为考研考证或是为更高的诸如注册会

计师的宏伟计划而乐此不疲，以及各个学院雨后春笋般的“考研动员暨表彰大会”诱发的。

我和老周去听过一次报告会，城建学院的。

大会一开始是院长发言，无非是一大堆目前就业形势严峻，竞争日益激烈，我们应该看清形势、与时俱进之类的老生常谈，然后大讲自己如何如何通过不懈努力苦心经营最终考上某顶尖大学研究生并实现硕博连读，最后推己及人，大力号召“同学们啊！一定要努力啊，光辉的未来就在前面啊……”讲得慷慨激昂，直让人热血澎湃发狠道：“不考上研究生，老子就不出这个大学门！”

院长话音刚落立时掌声雷动，毕竟人家是院长嘛，这点面子还是要给的。至于是否有人把这掌声当作解脱就无从商榷了。

接着主角出场了，几个胸前佩着大红花的师兄师姐轮流上台向我们一脸自豪地兜售考研心法。我目睹右前排一位师兄歆羡得口水珠子直往下掉。

师兄姐们卖力地讲，我们聚精会神地听。

印象最深的是一位脸上长满痘痘的师兄回顾他的考研痛苦历程。他坦言自己是第三次才金榜题名的。第一年没考上，发誓一年不剃头发，后来带着披肩长发上考场，又一次名落孙山。得到结果次日，就去剃了个光头，继续卧薪尝胆，鏖战一年，终于皇天不负有心人，在此次考试中被复旦大学录取。

“牛啊！”有人窃语。

确实令人钦佩，三年磨一剑啊！不过从师兄陈词表情来看，那段“苦行僧”的历程是不堪回首的，个中滋味只有自己体会。

听完报告会自觉受益匪浅，但与此同时，也多少受了点打击。

在历年研究生录取分数线中，法律专业最高，其次就是文学、经济和管理类专业，再次就是理工类，最低的是农学专业。

所以说，就我们经济学这种专业而言，考研可谓“路漫漫其修远兮”。尤其是像我这种时至今日尚未参透经济学要义万一之流，说要考研，是否有点蚍蜉撼树自不量力呢？

我扭头看看老周。

“还考吗？”

“考，死也要考！”老周斩钉截铁掷地有声。

六十六

看着周围的同学们开始行色匆匆，开始频频地出没于自习室和图书馆，开始对超市打折商品的吆喝声无动于衷，我知道，现在是大三，很现实。我们一个个都学会为将来打算了。尽管于我们，那是多么的遥不可期。

我开始频繁地约奶茶自习，带着厚重的考研辅导教材，穿梭于自习教室与图书馆之间，乐此不疲地查找所需的资料。

虽然奶茶和我不在同一个系，学着不同的专业，但一起自习，依然合作默契。

“你要考研吗？”奶茶翻看着我的考研资料问我。

“嗯，试试看吧。你呢？”

“我？呵呵，我就免了吧！”奶茶笑道，“我比较懒，不喜欢把自己弄得很累哦！”

四级分数出来了，我和老周顺利通过，毫无悬念。

期末考试的成绩也在同一时间公布了，我和老周都如愿拿到奖学金。我第三名，老周第六。双喜临门。

蟾蜍和阿发不干了，叫嚣着要我们请客。

“好了好了，今天我做东。”老周说。

蟾蜍和阿发旋即眉开眼笑。

“这样吧，这顿饭我和老周平摊！”我也该表示表示了。

后来我才知道，在蟾蜍、阿发两头豺狼面前显摆让他们点菜的代价是昂贵的。结账的时候我和老周愣是龇牙咧嘴啪啪各自抽出两张百元大钞，直叹人心不古、世风日下，心里早把他俩的祖宗十八代问候了一千遍。

刚回寝室，电话铃响。

“阿发，找你的。”老周递过电话。

“谁打的？”阿发轻声问到。

“好像是小焱的声音。”

“喂？”阿发声音直打战。

然后话筒那端 股气势汹汹波及整个寝室，余震不止。

“好的好的，我马上过来。”阿发一路妥协。

放下电话，阿发缓了缓神儿。

“小焱要我陪她上街。”

我望了望窗外斗大的太阳，同情地说：“一路好走啊！”

六十七

大三绝对是一个两极分化的时期，对一些人而言可能是潇洒的黄金时光，对一些人而言也可能是炼狱的最佳注脚。前者如阿发、蟾蜍，后者如老周和我。

我们均是早出晚归“练级”。不同的是，我和老周练的是英语六级，阿发、蟾蜍练的是《传奇世界》。

最让我受不了的是，阿发、蟾蜍外出升级凯旋后总免不了交流心得，个中专业术语闻所未闻。想一代大侠如今沦落至此，不禁慨叹廉颇老矣。

不过，书中自有黄金屋，书中自有颜如玉，书中自有千钟粟，于是也每每自得其乐。

马上又快到计算机二级考试了，我和老周忙着上机编程。培训班老师笑容满面，春光无限，边掐指盘算着：又能多赚两个勤奋的好孩子过级，好给自己立牌坊。

于是，他边忙不迭施压道：“加油啊，只剩下最后十天了啊，千万不要掉以轻心啊……”

我们忙扭过头在脸上挤出一个局促的笑说：“是啊，是啊。多谢老师关心啊！”

老师是华工计算机系的高材生，经常发些惊世骇俗的言论。一次，我听着课不觉睡着了，半梦半醒中听到一句“思考是错误的根源”，一个激灵惊醒。由是对其佩服得五体投地。

我们每天掰着手指头算着余下的时间，然后更加不遗余力快马加鞭地学习。

当然，除了上机编程，我们面临的还有笔试大关。一门不过，前功尽弃。所以，每天白天除去上课吃饭的时间外，通常都能在机房找到我。而一到夜幕降临，没错，那个匍匐在桌子上眼珠子，肿得像个大灯泡而笔耕不辍的人，一定是我。

老周和我的“斗争策略”稍有不同，那就是正当我在电脑前呵欠连天睡眼惺忪编写程序时，他正抓紧时间梦会周公。

他是个自称张弛有度劳逸结合的孩子，不愿像我一样只为求得内心的慰藉而勉为其难地学习，结果事倍功半。

到考试的前两天，我们都做完了所有的练习，磨刀霍霍。

考试分两天进行，头天上午考笔试，次日上午考机试。

九月十八日上午正式开考。我一大早爬起来，把重点大致再走马观花浏览一通，然后买了杯豆浆轻装上阵——考试当天不宜饱餐，不知是哪位高人的训诫。

发试卷的时候，心里有点忐忑。待到拿到试卷扫描一眼，便吃了定心丸。

于是，顺次做下来，行云流水，势如破竹。

走出考场，老周说也是一路过关斩将，所向披靡。彼此彼此。

下午，走进机房将编程题重温了一遍，心想这下通过了。

第二天，我精神抖擞胸有成竹迈进考场，输入考号，抽题。晕，巨简单的编程题，心里直念阿弥陀佛。

用了十分钟解决战斗，走出考场的时候想二级也不过如此嘛！

六十八

晚饭是和奶茶在教工食堂吃的。

自从大三以后，还是第一次来这儿吃饭。这里说起来是教工食堂，实际上并无教职工身影，来这儿吃的都是学生。大锅饭也许不太合他们的胃口吧。

两份饭，两份鸡腿，两杯可乐，两碗蛋汤。

我和奶茶在饮食方面颇相像，都不喜欢把菜堆得小山一般，鱼龙混杂名目繁多。相比而言，我们更喜欢清淡一些。尽管我们并非“素食主义”者。

奶茶很小心很淑女地嚼着鸡腿，我也颇谦谦君子地啃着。

对面桌上一饥饿男，提根鸡腿大快朵颐，一阵乱咬，吃得两片大嘴唇油光可鉴，很有猛者风范。

突然想起阿发，然后我笑了。

奶茶一脸疑惑地看着我。

“喏，看那边。”我朝猛男方向努努嘴。

“嗯？”奶茶扭头看过去，然后一脸茫然地转过身来。

“看到那人啃鸡腿的情状，我忽然想到了阿发。”我忍俊不禁。

“哦？”

“还记得那场有关爱情的比赛吗？我把全部希望寄托在自诩得过冠军的阿发身上，哪知却被你打得落花流水……”

“噢，我记得了。呵，当时还当你请了何方神圣呢，后来一较量，才知道不过是个菜鸟。”

“被打得丢盔弃甲的阿发中午跑到食堂抱根鸡腿大肆泄愤情状，与适才那位仁兄大致无二。”

“呵呵，想不到那家伙还蛮自尊的哦。”奶茶抿嘴笑道。

“是啊，那时的阿发，傻傻的阿发，挺有趣的！”

那时的我们，傻傻的我们，都挺有趣的。

回到寝室，看到老周忧心忡忡地坐在那里。

“怎么了？下午的机试考得如何？”

“正担心着呢。唉，编程题做错了！”

“没事的没事的，吉人自有天相，放心就是了。”我宽慰道。

“但愿如此！”

六十九

计算机二级的车轮碾过，时间又相对宽松了。

稍加休憩，又转到了考研的轨道上，日复一日。

奶茶依然每天陪着我，她看她的GRE，我看我的考研题。

众所周知，英语是考研路上的一只拦路虎。很多人其他学科能过关，只因为英语弱了就被拒之门外。对我们经济学这个文科性质较浓的专业而言，考研数学难度较低。虽说文科生数学成绩不甚理想，但起码还是应付得过来。唯独英语这门切需重视稳扎稳打。

和奶茶这样的英语专业的高材生一起修炼，想不提高都难。

很多时候英语方面的难题，和奶茶一讨论，总能迎刃而解，茅塞顿开。有高人指点迷津，事半功倍啊！

老周不时慕名前来，奶茶总能悉心点拨，搞得老周煞是眼红。

我就对老周说："不如这样吧。看在兄弟的情面上，我就成全你，把和奶茶的自习权无偿转让给你，只收取每天十元的精神损失费。"

奶茶当面笑得很有形象，然后一出自习教室就用书砸我的头，说："去死吧……"

考研除去英语、数学、政治外，还有一门专业课。

老周问我："选哪门？"

我说："还没想好，有点儿想选政治经济学，却又心仪西方经济学。"

老周说："他想选会计学。"

我说："不如考注册会计师更吃香。"

老周叹息道："注册会计师毕竟不是人人都考得上的。"

是啊，现在就是这样一个现实的社会，一个竞争的社会，优胜劣汰，适者生存。谁都有权选择主宰自己命运的方式，但谁都无力左右这条支配这个世界亘古不变的生存法则。

我不是借此表明我对此是多么崇尚或是多么厌恶，我只是想说，我们别无选择，要么出人头地，要么任人宰割。

于是，我们考研，无怨无悔。

其实，我和奶茶一样，并不喜欢强迫自己做一件并非情愿的事，把自己搞得很累。但我又是这样地渴望成功。

或许现实中的我们本来都是矛盾着的。

我不知道，是不是所有考研族都是这样。我想大概不是，比如老周，这个对学习从来一丝不苟的好孩子。

两个并不相同的人，用同一种方式下载未来。

七十

期中考试又临近了。

整个校园又忙碌起来了，自习教室又有人处心积虑地抢占座位了，一本书一支笔或是一个手袋堂而皇之地搁在那里向后来者宣告：这座位我已占，阁下别处找去。

偶尔误打误撞走进一教室，里面半个人影没有，心想：嘿！这下总算有个安身之所了。定睛一瞧，一个座位接一个座位笔筒呀什么的排得蔚为壮观，更有甚者一片片白花花的卫生纸都成了占座工具。乍一看还当是误走进茅房了。典型的占着茅坑不拉屎！我对此深恶痛绝，每每将此作为资源闲置的典型案例加以批判却也无济于事。

现在的大学生真是一群奇怪的动物，往往只有临考前才记起自己是来学习的。所以直到快要考试的时候，他们才会从漫漫冬眠中苏醒，去为功课及格而不舍昼夜。然后，继续长眠，周而复始。

阿发和蟾蜍这两天也一扫戾气，表现得可圈可点。蟾蜍每天六点准时起床，捧本《星火英语宝典》背诵声琅琅，像模像样。

阿发每晚十点回寝室畅谈今日收获，领悟了多少定律，大放厥词。

有一个问题一直困扰着我，那就是阿发何以每次都能顺利找到座位。

然后那天我终于问了。

“那好办”，阿发洋洋自得，“明天你们跟我混，自然让你们见识一下老夫的绝招。”

第二天吃罢晚饭，我们拿着复习教材，半信半疑跟着阿发出发了。

一到教学楼，就着一楼走个来回，一个个教室坐得满满当当，还有几个空着的座位也被别人的文具捷足先登了。

“咱们去二楼看看。”我说。

“不用”，阿发胸有成竹地一挥手，颇有领袖风范。“瞧我的！”

只见阿发大步流星走进一教室，登上讲台，抄起一支粉笔在黑板上笔走龙蛇：

本教室今晚开会占用，敬请见谅！

“有没有搞错，现在还有时间开会！”

“都什么时候了，还开个狗屁会！”

“真烦人，就没个自习的地方！”

“有完没完啊？天天开会！”

……

不过，不满归不满，抱怨归抱怨，在学校这种地方，用“开会”这种上层建筑压迫学生还是屡试不爽的。说归说，同学们收拾好书本，三三两两离开教室。转眼人去楼空。

我们边暗自折服边登堂入室鸠占鹊巢。

“真有你的啊，一字不说就搞定了！”蟾蜍佩服不已。

“嘿嘿，这叫‘此时无声胜有声’哪！”阿发自鸣得意。

“亏你小子想得出，哪天被人识破阴谋，非打你个生活不能自理！”我说。

“那也好办，我就说会议因故取消，大家见谅见谅。”

七十一

日子一天一天流过，期中考试说来就来了。

却说那几日冲刺复习，套用阿发的绝招，屡见奇效。考试不免惴惴，终于无人发现，遂心安理得。

历数进入大学后的N次考试，这次却是最无把握的。太多的时间花在了考研的准备上，浪费了不少本该消费在专业课上的时间。所以，这次考试也就抱着得过且过的态度，并无太高的奢望。

第一门考的是国际经济学，蛮难的一门课。一番苦思冥想绞尽脑汁浴血鏖战后，我放下笔，六十分，应该问题不大。

休整两天，迎接第二门考试。

第二门考财政学，一门文科性质很浓的课程。对于踏进大学校门的所谓天之骄子而言，这种课只要考前一两天强化记忆即可。有位师姐曾花半天时间背诵管理学，后来居然得了九十四分，一时叹为观止。这种课程，平时分很关键，只要平时不旷课不迟到不早退，老师一般不会为难你的。当然，个别心理变态者除外。

第三门是经济理论，依然是记诵学科。其实，我一直很质疑学校开设大批这类学科的用意。这类所谓的理论，只在考前背一背，考试一结束，残留的一丁点儿记忆连同书一道，被扔进废纸篓里，荡然无存。然后把下一门课的记忆塞进清空的脑子里。

七十二

经济理论考完了，就只剩下金融学了。

金融学是本学期的最后一门考试科目，也是我最不愿提及的一门考试。倒不是这门功课挂了红灯。若是这样，我尚坦然。坏就坏在祸事在老周身上，罪魁祸首却是我。

卷子一拿到手，我便马不停蹄地做起来。金融学，深奥晦涩的科学，我算是领教到了。等到把会做的都做了，大略统计一下分，接近六十分。看看后面那道二十分的计算题，能解出来自可保无虞了。一看表，还有半个小时。

我静下心来，反复读题、揣摩，梳理思路。

然后，就听到附近谁的手表清晰而急促地响着。嘀嗒。嘀嗒。嘀嗒。

我突然急躁起来，看看表，还有二十二分钟。

思路霎时一片混乱，怎么办，求救吧？

我瞥了眼监考老师，此时正望着窗外出神。天赐良机！我俯下身子，踢了踢前排正奋笔疾书的老周的凳子。

“喂，最后一题做出来没有？”

“还在做。”老周微侧过头。

“做完给我答案。”

老周点下头继续疾书。

正当我心急如焚之时，桌背上响起了轻轻的敲击声。

老周扬扬手中的草稿纸，上面有那题的答案。

雪中送炭啊！我按捺住内心的狂喜轻声说：“快撕下来递过来啊！纸太大容易被发现！”

“哦！”老周转过身去。

嘶啦一声，不好。声响有点大。

监考老师像只老练的猎犬一般灵敏地嗅到了这边的动静，走了过来。

完了。

他走到老周旁边， 把抓起老周撕开一半的草稿纸，看了看，然后拿了老周的准考证。

“你可以出去了，你的试卷将做零分处理。”

老师的声音低沉而威严，却好似晴空霹雳。我能想象得到老周的感受。

老周在座位上呆坐良久，然后默默站起身来，不发一言，走出教室。

他消失在教室门口的背影单薄且苍凉。

看看表，只有八分钟了。无论如何，不能不及格。

我尽量让自己冷静下来，细细寻觅解题思路。

铃声响起的那一刻，我终于解出了结果，如释重负。

回到寝室，老周枯坐在床沿上，蟾蜍和阿发正在劝慰。

“对不起！”我走到老周面前，内疚万分。

“不能怪你，都怪我自己太不小心，慢慢撕开就好了。”

“老周，会被开除吗？”蟾蜍忧心忡忡问了一句。

没人回答。寝室一片寂静。

“那老师真缺德！”阿发骂了句。

“不行，无论如何要挽回局面。这样吧，老周，我陪你去找找班主任，讲明原委，或许能够从轻发落。”我说。

后来我们通过找班主任，找任课老师，经过多方面的努力，学校才答应记作违纪处理，而不取消学位资格。直到此时我的内疚才稍有平息。

至于这门功课是否要重修，只能看老周自己的造化了，虽然任课老师说会酌情处理。我对老周说如果真要重修，重修费我出。

七十三

考完次日就放寒假了。

这个寒假并不轻松，我还得为考研做准备。过年走亲戚是免不了的，所以只好在年前抓紧时间复习。

我制定了严格的复习计划。早上七点起床背英语单词，吃罢早饭攻高数，中午午休一个半小时，下午钻研专业课西方经济学——这是我最终确定的考研专业课。晚上复习早上所记单词。

有目标就有动力，此言不虚。

我以一种皈依的虔诚潜心修炼。老爸老妈喜得只念阿弥陀佛，逢人就夸："儿子总算长进了，不让咱们担心了！"

春节在一阵爆竹声中说来就来了。

走亲访友，拜年。

饭桌上推杯换盏，其乐融融。突然发现，昔日同龄的"小字辈"已有了大人一般的谈吐。

我们正在长大，这是一个不争的事实。

我是一个怀旧的人。我并不渴望长大。相反地，我常常希冀回到童年。人长大了，往往就失去了儿时宝贵的童真，往往就有了烦恼与忧郁，往往就得承受更多的东西。这是我们付出的代价，是为成长买的单。我们常常逃避一些东西，但同时无可奈何地接受着一些东西。

有些事我们是无法左右的。

我突然有种莫名的悲哀。

都是时间惹的祸。

寒假一晃就过了，我又焕然一新地回到了学校。

期末考试成绩出来了，看了成绩，我很高兴，并不是我考得又多么好，而是老周吉人自有天相。

很幸运，老周金融学通过了，六十一分，好险！

整个寝室弹冠相庆，我抱着老周山呼万岁。

老师终究是网开一面了。

与此同时，计算机二级水平考试成绩公布，我和老周顺利能过，老周一直担心的机试恰好六十分，有惊无险。

阿发和蟾蜍眼羡得不行，说："你们两个倒是比翼双飞。英语四级、计算机二级都过了，剩下我们俩还在原地踏步。"

我不无得意说："谁让你们不用心学。看到了吧，这就是差距。"

学校提前宣布各个学院统一在四五月份参与实习。我们学院定在四月开始。

实习。我一直对这两个字心有余悸。实习，意味着我们就要踏入社会，融入各种各样的社会活动，面对形形色色的人，这是在校园这个温室里不会遭遇的。

奶茶的实习期与我们错开了，她们是五月份。

实习前还得上一个月的课，每天也不过几节课，煞是轻松。

当然，这是对蟾蜍阿发说的。我和老周，依然是怀揣考研书，行色匆匆，早出晚归。

七十四

学院出台了实习方案。以班为单位，分成四组，男女岔开。我和老周、蟾蜍、阿发自然是紧密团结在一起。

四月二日，我们被分配到一家金融公司实习。

这是当地一家普通规模的公司，一般的资金实力，一般的名气，一般的外观……太多的一般，就连内部设施也乏善可陈。

只是公司领导倒还热情，对我们的接待颇尽地主之谊。

领导先是给我们做了关于公司的简单介绍，带着我们熟悉了各个部门，然后给我们分配工作。形式依然是“学徒制”，即一个职工带几个学生。我和蟾蜍被指派到统计部门，老周和阿发搞会计记账。

我们住宿在一套平房里，平均五六个人挤在一间促狭的小方间里，很有点贫民窟的味道。直到此时我们才感到原来一直抱怨的公寓四人间是如此优越。女生情况好一些，平均三四个人住一间。感觉由于大男子谦让主义的大力弘扬，这个社会逐渐分化。男卑女尊，当真是男子是泥做的骨肉，女子是水做的骨肉啊！

其实挤一点也没什么，男人吗，什么样的恶劣环境接受不了？最让人忍受不了的是方便时还要提着裤子一路狂奔到五十米开外的一方土砖的露天小厕所，里面几个坑道，美其名曰厕所。所以一旦尿急而你的小腿肌肉又不是很发达的话，后果不堪设想。

即使你能在第一时间赶到厕所，也未必能畅通无阻。如果按人口密度来算的话，排除公司职工（家里有洗手间，养尊处优惯了，憋死也不会去那种地方），平均每四人共享一个坑道。

我们这群受过良好教育的天之骄子，深知日餐暮泻对于养生的重要性，于是一个个养成了晚饭后准时如厕雷打不动的优良习性。于是，不幸就这样发生了。

如果你是附近居民，恰好你又有健步的习惯，那么，每晚七点，你会发现一条长龙从厕所笔直地延伸出来，浩浩荡荡，蔚为壮观，伴随着一阵阵此起彼伏的催促声、叫骂声。

所以说，在中国这样一个人口众多的国度，如果基础设施跟不上的话，后果是灾难性的。计划生育，这个十几年来一直困扰着我的提法终于在厕所长龙前令我醍醐灌顶，豁然开朗。

我突然有了一个伟大创想，那就是取消所有超生者的家居厕所修筑权，然后在这些人家附近一百米开外修筑一座四坑位的厕所，嘿嘿，他们保准立马转变立场成为计划生育的坚决拥趸。我正准备将此设想上书国务院，也算是我为人口规划贡献的绵薄之力。

这个时候，往往就是考验你耐力的时候了。不要以为你排在前面就高枕无忧了，万一你前面那个人恰好腹泻，怎么办？那你就得做好充分的思想准备了。万一你刚好很不济，那么，对不起，你只能眼睁睁看着你的防御工事土崩瓦解，毁于一旦。当然，如果你有别的方法，那另当别论。如果你既无耐力，又无良策，那你至少要有足够的勇气。为此，蟾蜍不惜铤而走险。

话说当日蟾蜍一时兴起多贪了几杯（为减少如厕，我们一直控制饮水）后尿急要小解，出门一望，黑压压一大片。等怕是来不及了。看看四处无人，走到一幽僻处，掏出家伙一阵酣畅淋漓。当他完事后正心满意足地微笑时，只听一声呵斥，冷不丁从拐角处杀出一老头，臂戴红袖章，指指不远处一块牌子——禁止随地大小便，违者罚款十元。

以上为蟾蜍本人口述。说到后面悲愤之至，他最后用了一句话总结：

“我靠，一泡尿这么昂贵，老子今儿才晓得什么叫作‘负消费’！”

后来，为解决如厕问题，全体同学经过商讨，达成一个不成文的规定——任何人，无论何种情况，一律不得在厕所逗留超过半分钟。

不错，一个很平等很人性化的条例。

在这个讲究高效追求高效的时代，一切向“效率”二字看齐，上厕所亦不例外。

这场“效率运动”掀起了轩然大波，进行得有声有色。学生就是容易动员，从小就学会无条件遵守一切规章条例。

无论怎样，这场“效率运动”还是卓有成效的。厕堵塞现象自此得以缓解。山人自有妙计呵！

七十五

对于我们文科生而言，实习，其实并没什么事可做。在校时成天埋怨书上那些枯燥的理论、空洞的说教，真正实践的时候，却又毫无头绪。相比那些成天扛着测量仪器东奔西走马不停蹄的建筑系师兄师姐们，我们实在是无聊得很。

人比动物唯一高明的地方，就是能在极度空虚极度无聊的时候发现让自己和其他人开心的事物。蟾蜍就具备这种天然的调控机能。套用他本人的话说，“这就是天才与凡人的差别”。

蟾蜍号召：“同志们哪，虽然我们的条件是艰苦了些，但我们不能妥协，要迎难而上，寻找属于自己的乐土……”

话没说完，就被一圈圈或下象棋或斗地主聚精会神头也不回的兄弟们扔过去的袜子鞋子活埋了。

我们勇敢的蟾蜍同志不依不饶，清清嗓子继续说：“你看你看，身为大学生成天玩这类庸俗市井耍子，何等的有失体统，何等的有伤大雅。大学生要有符合大学生身份的娱乐。我们的口号是——乐并高雅着……”

“莫非你有什么好玩的东西？”蟾蜍极富渲染力的号召终于将一小部分人从酣战中解放出来，狐疑地望着蟾蜍。

“正确！”蟾蜍抓住机会摆个造型，蛮酷的。

这样一来，原本尚沉醉于酣战的另一部分人也清醒过来，一阵骚动。

要的就是这种效果。

蟾蜍平易近人地微笑着，双手虚按。

由是鸦雀无声。

“既然诸位如此激动，在下也就不吊大家胃口了。我所说的高雅娱乐即是——”蟾蜍故意拖了拖腔。

兄弟们屏息凝听翘首以待。激动呀，一项划时代的高雅娱乐方式即将诞生了！

“——猜灯谜！”

此言既出，其威力不啻一枚重磅炸弹，当场震翻一片。

气厥。狂呕。

不过呕归呕，呕罢想想成天打牌下棋也确实乏味，也就暂且接受了蟾蜍的“高雅娱乐”。毕竟嘛，大家都是文化人，接受下文化的洗礼，也不错嘛。

“那我先出一道——当头烈日，打一地名。”蟾蜍说。

“当阳。”我略加思索，脱口而出。

“太棒了！”

“不对呀，我说是‘日照’！”又有人说。

转念一想，亦有道理。

蟾蜍稳不住了。

“这个，这个嘛……”

然后可怜的蟾蜍还未来提及好好表现就被“正法”了。被掰着嘴喝了一千毫升的鲜橙多，不知哪个损人兑了半瓶辣椒油。蟾蜍取义成仁。在此奉劝各位看官，类似场合还是不要哗众取宠的好。

七十六

下棋的继续下棋。打牌的继续打牌。

后来蟾蜍又建议斗地主谁输了就在谁脸上贴画着乌龟的纸片。大家一致表决通过。

就这样蟾蜍轻易地打进内部。

前面也说过，蟾蜍的牌技实在是羞涩得可以，一圈牌下来赢的概率大约与中国男足打进世界杯十六强相当。所以一阵打下来，蟾蜍的脸上是“百龟争鸣”（至于龟能“鸣”否尚待考究，不过据说美国有种“忍者神龟”可以做到，在此不做深入探讨）。轻风过隙，风吹龟动，姗姗可爱。

偏偏蟾蜍又是这么个不自量力的主儿，一直叫嚣着要咸鱼大翻身。然后脸上的纸片是星罗棋布，哗哗作响。

世上就有这样一种人，从来对自己没有清醒的认识，总以为老子天下第一，唯我独尊。

嗟夫，哀其不幸，怒其不争。

就这样夜夜笙歌，然后第二天打着冲天响的呵欠看师傅如何从一堆枯燥的数字中解析出零星的信息。

日子就这样一天天过去了，兄弟们每天就寝前掰着指头数有多少天实习期满。数着数着，忽然发现实习期快结束了，却一无所获，不觉幡然悔悟暗自嗟叹。

第二天一回寝室，就又吆三喝五，打牌的打牌，斗棋的斗棋。照例歌舞升平。

实习结束的那天中午，学校派校车来接我们。

看到领导头顶烈日，汗流浃背，目送我们上车，还依然挂着那副殷切希望的笑脸，突然觉着两手空空回归有些对不住他老人家。

车上，我问蟾蜍学到些什么没有。

“形式，全是形式，一个月，你巴望学到什么？”蟾蜍想也没想，我也就心安理得起来。

回到学校，意味着一切又将步入正轨。各人要依各人的轨道按部就班。

原来，实习远没有我想象中那般复杂可怕，宛如南柯一梦，梦醒了，一切都结束了。

然而心里却空虚得紧。

问问老周、阿发，也不外如是。

原来这样想的，不只是我一个。

我又一次怀疑起当初填报文科的正确性。其实，老爸老妈是不主张我学文的，班主任也力荐我学理。然而，我跟所有人赌气，包括自己，我不愿按照规划好的步骤行走。我有自由抉择的权利。我无须对任何人负责。

于是，当初填报文科时的义无反顾造就了今天姗姗来迟的迷惘。

或许当初这样想的，也不只我一个。

七十七

奶茶的实习期开始了。她们被分配到邻市的一家外企。

依然是坐校车去，上车前奶茶拍拍我的头说“好好复习啊”。我点点头：“嗯，一路顺风。”

目送着校车绝尘而去，想想又有一个月见不着奶茶了，不免怅惘。

下午突然没了自习的心情，跑到游戏室打了半天游戏机。状态很差劲，第一关就游戏结束。

晚上去阅览室看书，除经济方面之外什么都可以看，最好是历史类读物。这是我以汲取知识的名义打发无聊的最好方式。

看着看着只听管理员一声脆喊“下班了明天再来啊！”一看表，十点十八分。

悻悻回到寝室，也不搭讪，往床上一扑，倒头就睡。

“我说小虎啊，犯不着这样吧，不就是一个月吗？丢了魂似的，整个一‘衰哥’。”蟾蜍又聒噪开了。

我张张口，却什么也没说。我想自己大概是乏了。这样想着我睡着了。

第二天一大早爬起来，精神抖擞。打点好复习资料，就一路雄赳赳气昂昂地去了。

一到自习室，哗，不是吧，一下子冒出这么多“考研族”！个个或咬着笔杆子蹙眉冥思或在草稿纸上飞龙走兽，教室鸦雀无声。正在我肃然起敬时，只听一声“有什么事吗”，抬头一看，一个脸形瘦弱的年轻女教师站在讲台上看着我。

原来是在考试。大概又是四级之类的模拟测验吧。我吐吐舌头说声对不起，退了回来。

换了一间教室，稀稀拉拉坐着几对人。没错，确实是几对。一男一女，成双成对。作为一个学生来说，潜意识里统计人数的量词一般是组、排、人，至于“对”，实在是一个新兴产物。这也是大学生与高中生意识形态的差别。

男女搭配，干活不累。引申到学习上，亦大抵如此。呵呵，大学确实是一个优化资源配置以达到效用最大化的地方。

不过，如果很不巧你旁边或是前面也可能是后面坐了一对热恋中的师兄师姐，就只有自认倒霉了。这种人一般情况下，不是由于玩累了、疯够了想休息休息，是很少在自习教室出现的。一旦坐了下来，是不会放过这个交流感情的绝佳时机的。届时，叽里咕噜一阵私语时不时迸出一两声笑，更有甚者索性光天化日之下打情骂俏，卿卿我我，有够你受的。

即使真的是在讨论学习，你仍无法处之泰然。还有一个很有趣的现象，不知你注意到没有？他们越窃窃私语小声讨论，你越觉得烦心。这个问题我思考过很长时间，时至今日不得其解，最后只好将之归结为忌妒心理作祟，天性使然。

遇到这种情况，通常我会收拾好书本逃之夭夭。边走边在心里将双方的祖宗十八代问候一千遍。

七十八

就这样寂寞了一个月，在寂寞中麻木了一个月。

直到奶茶返校。

看到姗姗来迟的校车，我才明白什么叫作望眼欲穿。

“小朋友，我回来了。”奶茶俏皮地轻拍我的头。

我装作若无其事的样子。

“噢，我看见了。”

“呵呵，有没有想我呢？”奶茶莞尔一笑。

“切，考研、六级，我复习都来不及，哪有工夫想你呀？”我戏谑道。

“哈，这么快就移情别恋了。你说，该怎么处罚？”

奶茶娇嗔的样子，煞是可爱。

“要杀要剐，悉听尊便。”我做视死如归状。

后来讨论的结果是奶茶很大度地饶了我的小命，让我请她吃饭，给她洗尘接风。

山无陵，江水为竭，冬雷震震，夏雨雪，天地合，乃敢与君绝。

实习结束，再上一个月的课期末考试就接踵而至了。

几个很有个性的学长学妹冒天下之大不韪，为民请愿，要求学校取消考试。理由是太过疲劳。结果自然是碰了一鼻子灰，铩羽而归。

他们不知道这样一个道理。在学校，校方与学生是管束与被管束的对立双方，学生永远无权对学校的任何规定指手画脚。

由于实习耽搁了一个月的时间，所以本学期的课相应就少了许多，因而安排的课程也并不多。老师无须快马加鞭地教，学生亦无须马不停蹄地学。双方都轻松，多好。

英语六级考试在期末考试之前进行。我和老周都报了名。

学校特地安排了两次模拟统考。一次比一次来的人少。第一次稀稀拉拉。第二次屈指可数。一些人考完第一次后拿到分数自觉无法承受，于是当了逃兵。

还好，我考得还过得去。第一次六十六分，第二次六十四分。呵呵，稳定地在及格线附近浮动。

老周第一次考了六十八分，第二次六十二分。彼此彼此。

我和老周开玩笑说：“这次咱们过了六级去当‘枪手’捞外

快啊！”

提到“枪手”两个字，我就不能不感慨万千。都是些拿着学问当商品的人，明码标价。替人代考多少多少钱，过级加收多少多少钱。招揽一两手生意，一般赚个千把块钱不成问题。真是一条招财进宝的致富捷径。真正应了“知识经济”这个词。

每每四六级考试前，各种“有酬代考”的广告就明目张胆地张贴在各个显眼的地方，如电话亭、院墙、食堂门口，甚至院系写通知的黑板，比比皆是。

最初听别人说起这种交易还颇为不齿并深恶痛绝，后来见得多了也就想通了。想过级的过级，想捞钱的捞钱。各取所需，多好。

世上有很多事，也许一开始你会很看不惯很反感，时日一长，就麻木得没了感觉，乃至为之营营役役。鲁迅先生说得精辟：“世上本没有路，走的人多了，也就成了路。”

七十九

六月十八。四六级考试。

九点正式开考。早上过早经过教学楼，早有人候在那里了。戴大檐帽的保安站在警戒性内维持着秩序。整个搞得像是事故现场。

看看表，早着呢，才七点四十。可怜的孩子们。

过完早，听听收音机，缓解一下紧张情绪。该死的蚊子，昨晚害我半夜才睡着。如果这次六级没过，唯蚊是问。望着胳膊上红肿的包包，我无可奈何。

八点四十。第一道铃响，进考场。

我在六号楼二楼靠窗户的一个座位，这里信号应该不错。我暗自庆幸。

旁边的一位帅哥又活动开了，寻求人道主义援助。

每次考试，各式各样的作弊数见不鲜，屡禁不止。作弊手段也趋于高科技化。某种程度上来说，教育制度促进了科技发展。天大的讽刺。

第二遍铃响。发试卷。

拿到试卷，涂好考号写上姓名。在监考老师一而再再而三不许拆封的强调声中，我毫不犹豫拆开了。

亲爱的学弟学妹们，当你们考四六级时，记住，时间就是金钱，利用正式开考前的八到十分钟浏览一下试题，再熟悉一下听力试题，是十分关键的。千万不要小觑这十分钟，它也许是你能否顺利过关的关键。所以，拿到试卷，立即开封。不管台上的监考老师如何三令五申。他拿你没办法。

一路做下来，写完最后一个字母，看看表，还有十分钟。

小心涂好答题卡。这一步很重要，务必慎之又慎。奉劝大家涂罢再对照试卷检查一遍，以免出错。涂错题号的现象历来就有。最后几分钟宁可花在校对答案上面，用不着去忧心忡忡地思考那道题到底是选A还是选C。相信你的第一选择。

表面上的风平浪静往往潜伏着骇浪惊涛。此言委实不虚。就在考试结束前两分钟，我检查出完形填空填错。我慌乱地擦掉填错的几道题。你还得注意，尽量擦拭干净，最好不要留下痕迹。

考试结束铃声响起的那一刹那，我纠正了最后一道题。如释重负。抹抹额头，不觉中出了一层细密的汗珠。

走出考场，碰到老周。很颓唐的样子。

看来又没发挥好。老周真是命途多舛。

“时间没把握好。”老周叹口气说。

在四六级考试中，最让人郁闷的并非不会做，而是会做但时间不够。不会做，没过，正常，实力问题；时间不够，那就得归咎于你的心理问题了。

八十

四六级考试刚一平息，几乎来不及做过多的准备，期末考试就来了。

也许是考虑到我们的实际情况，也许是额外施舍的同情，这次的考试题目巨简单。蟾蜍、阿发拍着胸脯说："这次保准一路绿灯，搞不好还能问鼎奖学金。"

考试结束了就意味着暑假来临了。考研志士们都留在学校继续备战，无心考研的都隔三岔五地回家了。

奶茶说要留下来陪我。

我笑笑说："小姑娘，你还是早点回家吧。免得你爸妈还担心你被人贩子拐去了呢。"嘴里这么说，心里何尝不想她留下来。

小妮子说："这样吧，我将暑假均分成两份，一份交给你，一份给爸妈，所以我宣布，我在学校逗留一个月后回家。"

我学着她的样子轻轻地拍拍她的头，笑笑说："好吧。"

周一至周五照例拿着考研资料去图书馆自习，风雨无阻。那里有几间专为考研族开辟的自习室，一进门就听见有人叽里呱啦读着英语或是记诵着什么，很有气氛。

奶茶则捧本外文读物陪在旁边，时不时戴上耳机听听音乐，一副怡然自乐的神态。用她的话说这叫学习休闲两不误。

到了周六周日就是我们的法定假日。我们会逛街或是游公园。

游中山公园，我们去了鬼城。

鬼城是一个地下室，有着暗长弯折的甬道。光线很阴森，偶尔一声机器道具运转的响动令人毛骨悚然。道具造型也很恐怖，僵尸、蟒蛇、鬼怪……我们一队十来人，女生居多，男生就三个。胆小女生的尖叫声更是平添了一份恐怖。

奶茶紧紧攥着我的手，我分明感觉到那手心里渗出的细小的汗珠。我看着奶茶，说："不用怕，有我呢。"

奶茶抬头看了看我。微弱的灯光下，奶茶的眼满是惊悸。一丝怜爱袭来，我把她紧紧拥在怀里。

直到走出鬼城重见天日的那一刻，奶茶还紧攥着我的手。

"好了，出来了。"我喘口气说。

奶茶这才慢慢松开手。

我夸张地甩着手，开玩笑说："我这手得罪你了，是怎么着，差点没被你拽下来！"

奶茶一下子又活了，伸出兰花指在我额头上一点，一字一顿地说：“谁叫你是我男朋友呢？”

“喔，今天才知道，原来男朋友是用来虐待的。”

然后我又饱受了一顿老拳。

一个月一晃而过。转眼八月。

走之前奶茶告诉我说八月十四日公布四六级成绩。

“我知道的，好了，一路顺风。”

八十一

奶茶回家了，剩下我一个人孤军奋战。

自习室还是那个自习室，人还是那些人，气氛还是那种气氛，少了奶茶，感觉咋就不一样了呢？物是人非，时过境迁。

坚持了一个星期，终于妥协。我为自己的临阵脱逃找了两个借口。第一，我是个恋家的孩子；第二，这样强熬下去事倍功半，不如回家休养生息，养精蓄锐。

然后，我收拾了几本复习资料搭上了回家的客车。事先给家里去了电话。

回到家，已是傍晚时分，老爸变出一大钵香气腾腾的啤酒鸭，馋得我唾沫珠子直掉。为此我感恩戴德了许久。

八月十四日。带上准考证，去网吧查分。

亿唐，输入考号，核对，回车。

当分数显示六十四的那一刻，我知道，我过了。

就像一股暗潮，喜悦仅仅停留了一瞬，稍纵即逝。

我很平静地接受了这个结果。但我知道，这个结果，奶茶居功至伟。

我给奶茶打去了电话，告诉她我通过了。

“呵呵，祝贺你呀！”

“这也有你的一半功劳啊！”我极力地表功。

“那你准备怎么感谢我呢？”

“开学去趟淑女屋吧！”

其实，带奶茶去淑女屋是我“蓄谋已久”的。一次偶尔路过，走进一看，妈呀，里面服装的售价真是高傲得可以。一件衬衣就是二百九十八元，一条裙子就动不动八九百。可怜当日囊中羞涩，这样一拖就压抑到了今天。

得知我通过了英语六级，爸妈又额外犒赏了一只烤鸭。然后隔三岔五给我炖排骨、做烧鸡。

这种滋润无比的小康生活一直持续到开学前夕。去学校前称了称，足足重了八斤！

坐车去学校，一路上看着窗外变幻不尽的风景，突然觉得宛如我的大学生活。大一的青涩，大二的洒脱，大三的忙碌，是三道迥然不同的风景。它们就如这窗外即景，那样匆匆地，与我们擦肩而过。

而我此刻显得很平淡，不似先前有那么多的感伤。也许我正在尝试着长大吧。我想。

八十二

开学第二天，我向奶茶兑现了我的承诺，带她去了淑女屋，买了件白色的连衣裙。奶茶穿上它像一只漂亮的蝴蝶。然后我如愿以偿地就着辣椒酱吃了两个月的方便面。

当我开始感觉到身边的同学们为找工作而忙碌，我知道，现在是大四。

走在校园里，偶尔一抬头，看到和你一样匆匆的同学，点点头，微微一笑，又低头思考着自己的事了。

大四没有了永远也上不完的课，没有了七嘴八舌的议论，没有了针对一件事的喋喋不休，没有了为一个问题面红耳赤的争辩。我们开始变得安静，变得现实，变得对不相干的事漠不关心，变得理智的为自己的未来操心。失去了很多东西的大四，乏善可陈。我突然不知该如何去缅怀和祭奠。

阿发和小焱拜拜了，小焱哭得一塌糊涂，寻死觅活的。

分道扬镳后，阿发又找了个清纯美眉，整日自在逍遥，神仙眷侣。

蟾蜍终于一了夙愿，由阿发介绍美眉，挺般配的，终日闲云野鹤，如胶似漆。

老周的六级未能通过，郁闷了好几天，痛定思痛，英明地放弃，改考国家公务员。

我依然矢志不移地坚守我的考研目标，奶茶陪伴在侧。我做考研题，她背GRE。

我们歆享着最后相伴的时光，任凭时间嘀嗒嘀嗒在心里叩问。我们目睹了太多毕业说分手的剧目，年复一年。毕业像是爱情永远无法逾越的鸿沟，一旦坠入，万劫不复。

执手相看泪眼，竟无语凝噎。

宛如清场。

马上到了毕业设计的时候。设计。答辩。曲终人散。

六月，捷报频传。老周顺利通过了国家公务员选拔，奶茶的英语专业八级证书也到了手，我如愿以偿被心仪已久的高校录取为研究生。

后来的一切都进行得紧锣密鼓。六月底，我们收获了企盼已久的学位证书。

照毕业照的那天下午，云淡风轻。我们身着学士服，头戴学士帽，昂首阔步在校园徜徉，有种翻身做主人的扬眉吐气。

照片上，我、老周、蟾蜍、阿发，搂着肩，笑得龇牙咧嘴。

八十三

毕业前夕，班上搞联欢。我们包下了校外一家川菜馆。觥筹交错，畅叙衷情。

文娱委员站起来大声说：“虽然离别在即，我们马上就要天各一方，或许从此无缘重逢，但我希望我们能铭记这四年的朝夕相处，友谊地久天长。”

然后她带头清唱：“我们曾经终日游荡……”

下面也随声轻和：“旧日朋友岂能相忘，友谊地久天长……”

蟾蜍突然用手快速地揩过眼角。

“这川菜忒辣！”

有几个女生小声嘤嘤啜泣起来，歌声渐渐低了下去，低泣声如瘟疫一般蔓延开来。

几个脆弱的女生索性恸哭起来，肩膀一耸一耸的。

满屋子的吸鼻子声。

蟾蜍揩眼睛的频率越来越高，老周、阿发也红了眼圈。

我深吸一口气笑道："你看你看男子汉大丈夫还哭呢，保持点形象啊……"说着说着，发现自己早已泪流满面。

整个联欢会搞得像一场葬礼。哀鸿遍野。

联欢会持续到十点半。男生女生一个个喝得烂醉如泥，不省人事，口里咕噜着一堆不知所云的话。

回到寝室，阿发又晕晕乎乎捞出四瓶啤酒。

行吟阁。我们常喝的牌子。

阿发塞给我们每人一瓶，说："是兄弟就开喝。"

我们咕咚咕咚饮着啤酒，说着些不由衷的话。

说着说着，说到了未来。

蟾蜍醉醺醺说："他很羡慕我和老周研也读了，证也考了，什么都不用愁了。后悔当初没努力，现在一无所有，工作也没找着。"说着说着就哭了，很放肆地哭。

然后我们咕咚咚饮酒，一句话也不说，直到吐了一地，然后就势倒在了床上。

睁开眼睛的时候已经是第二天了。老周轻轻打扫着昨晚遗下的溃物。昨晚喝得有点多了，头有点重。我晃晃头。

"醒了？"老周轻声问道。

"嗯。"

我爬了起来，帮着老周清理地上的呕吐物。

“几时走？”我问。

“早上八点半的车。”

我看看表，七点二十。

床上，阿发和蟾蜍还睡得东倒西歪。

“不要叫醒他们，昨儿喝得有点多，让他们睡吧。”

清洁完毕，老周摆好扫帚和簸箕，提上箱子，背好背包。

“走吧，都收拾好了。”

校门口，一辆辆大巴早已候在那里。一动不动，像在默哀。送别的人和被送的人，上演着离别的悲凄。一对对的情侣相拥而泣。

车启动的时候老周打开车窗向我挥手告别，想到此后天各一方，眼泪忍不住夺眶而出。

我的眼前又浮现出当年住进寝室第一天，看到的那个撅着屁股、匍匐在床上铺床的男孩的形象。四年的时光，我们都在成长，年龄大了几岁，不变的是当初孩童般纯真的模样。

回到寝室，阿发、蟾蜍正在洗漱。

“老周呢？”

“我刚送他走。”

“走了？怎么不叫我们一声？”

“你们睡得正香，他叫我不要惊扰。”我说，“对了，你们什么时候走？”

“我上午十点走。”阿发说。

“我下午两点。”蟾蜍说，“小虎你呢？”

“我不急，先送走你们，我明天再走也行。”

“奶茶呢，她什么时候走？”

“傻啊，还用问，小虎明天走，你说奶茶什么时候走！”阿发笑。

九点整，我们送阿发。

“我家住××路××小区，有机会路过记得叫我啊！”临行前，阿发说。我们一个劲地点头说好的好的。

中午约出奶茶，我们三个人吃了相识以后分手之前的最后一顿饭。

下午两点，我们送走了蟾蜍。

每送走一个兄弟心里就空了一块，就像小孩子弄丢了心爱的玩具。

晚饭我和奶茶都不想吃，我们手牵着手在操场上一圈圈地走着。

夜幕降临，公寓楼骚动起来了。楼上抛出水瓶脸盆之类的物件，砸在地上乒乓作响。还有燃着的书本、被子，不断扔向楼下。这是每年毕业前夕都有的“仪式”。约定俗成。毕业生都拼命想在临行前留下一些值得回忆的东西。

还有疯狂的男女生一起大喊着“我爱你”之类的话，更是一种渲染。

我和奶茶共安静地走着，手牵着手。

走累了，就坐在柔软的草坪上，仰望7月的星空。

“今天是我做你女朋友的最后一天了。”奶茶打破沉默。

我一直无从启齿的话题，还是由奶茶打开了。是的，一些事，总是要面对的。

“过了今晚，我的义务就完了。呵呵，我可轻松多了啊！”奶茶故作镇定地伸伸懒腰。

“哦，真的吗？到时可不许哭鼻子哟！”我刮着奶茶的鼻子。

“哼，我才不会呢！”奶茶倔强而调皮地把头扭到一边。

牛哄哄的小丫头。

公寓楼上的吵闹声渐趋平静，疯累了，该休息了，一天又要谢幕了。

送奶茶到女生楼下，奶茶神秘兮兮地要我等一下，说是有礼物要送给我。

等到她气喘吁吁地跑下来，手里多了一个大玻璃瓶。里面装满五颜六色彩纸叠成的心。

她把瓶子递给我，郑重地，像是交付某种使命。

“替我保管好了，弄丢了唯你是问哦！”

灯影摇曳中奶茶的眼眸明净似水。

回到寝室，揭开木头瓶塞，倒出里面一颗颗的“心”。

每颗心上都有奶茶娟秀的笔迹：“我爱你。”上面有淡淡的清香。

我一粒一粒小心地数着。一颗，两颗，三颗……一共一千二百九十八颗。

一共一千二百九十八颗驿动的心。一共一千二百九十八句我爱你。

见证着我和奶茶的爱情，从始至终。

我以为自己很坚强，然而泪水却决堤而下。

我小心将这一共一千二百九十八颗心装进瓶中，以免被泪水打湿。

泪眼蒙眬中，依稀看到奶茶小心翼翼折着的情景。

躺在床上，我久不能眠。想着想着，突然回想起那日车上做的，那个关于壁曳山的怪梦。

然后突然间灵犀一通。

“壁曳山——毕业山。”

原来梦里存在的东西，现实中未必不存在。

一觉醒来已是次日七点。

奶茶是八点的车，我是九点。

时间尚早。我简单洗漱收拾一通，打理好行李。那个大玻璃瓶被我小心翼翼安放在背包最里面。

奶茶打来电话，说要出发了。我赶到女生公寓楼下，奶茶背着背包，地上搁着行李箱，正与同学告别。

她穿着的，正是那件在淑女屋买的裙子。

“走吧。”她轻轻地说。

我拎着箱子，和奶茶并肩走着。

奶茶的双眼，有些许红肿。

“怎么了，别告诉我哭了。”我故作轻松调侃道。

“什么啊，人家没睡好。”奶茶扭过头，不承认。

“那些心，我会用心爱护的。”我说。

奶茶的眼圈又红了。

“风怎么这么大，烦死人了！”奶茶嗔怒道，声音却分明有些哽咽。

我的心一下子抽动了，我强忍住不让自己哭出来，背过身拭去眼角的泪水。

今天的车站，好像比平时近好多。

“好了，上车吧。”我说，“我们，后会有期。”

奶茶小步蹬上车，没有回头看我。车子启动的那一刻，我泪如雨下。不知道车上的奶茶，是否也和我一样。

回到空荡荡的寝室，这个曾经承载过我们四年喜怒哀乐的寝室，如今人去楼空。同样住在这样一个寝室的兄弟，却有着不同的命运。

老周考取国家公务员，被分配到家乡的审计局当了审计员，薪水不菲。

阿发有开着宝马的老爸，家财万贯，未来的一切都早为他打点好。用不着为工作发愁。这也是我们后来才知道的，一些人与生俱来的，是一些人毕生追求的。

蟾蜍毕竟不是阿发，没有开着宝马的老爸，直到现在还为找工作发愁，这也是他为四年闲云野鹤的生活埋的单。

奶茶去了沿海一家颇有名气的外企当翻译，待遇很优厚。

以后还会有人住进这个寝室度过四年的大学时光。他们也会有喜怒哀乐，但他们永远不会知道，曾经有怎样的四个人在这里演绎了怎样的喜怒哀乐。

时间不早了，我拿好行李，轻轻合上房门。